栗子——木典和可西（續集）

黑小人的恨

廖茂松——著

自序

這本書是劉玉梅老師（多米）和她的先生周木成先生鼓勵下寫出來的，此書也接續前一本的故事，敘說木典、可西和黑小人之間的恩怨情仇，希望大家會喜歡，文章的最後由觀眾去思考他們可能最後的結局是怎麼樣來增加閱讀本書的趣味性。

再一次的說希望閱讀這本書之後的青少年朋友們能夠增加你們的想像力和創造力。

栗子：木典和可西

——黑小人之恨

《栗子：木典和可西》第二集讀後感

周木成

閱讀《栗子：木典和可西》第二集，就像讀第一集一樣，我在作者充滿想力的文字的帶領之下，超越時空回到兩萬年前。

在第二集裡，作者透過黑小人的攻擊、回到太革族、回到黑小人的地穴、怪魚潭洞奇遇、功敗垂成、逃亡被捕、死裡逃生、驟失摯友、黑小人遇險、地 柏族之難、圍攻太革族、最後的努力等單元，帶領讀者進入後洪荒遠古世界， 各種生物（包含人類）在那原始星球中四處流亡逃竄；其中木典和可西貫穿整 個故事；木典是真正的勇者，他在失敗時敢承當所有的責任，在部落危急存亡之秋，不怕犧牲生命挺身而出。

另外，作者在書中碰觸到幾個嚴肅的問題：

1. 天演說：物競天擇，適者生存（漁人族）
2. 文明科技保存及延續（黑小人）
3. 糧食藥草栽種、培育及保存（黑小人）
4. 南北對峙（北方餓白人VS南方各族群）
——南北資源的爭奪的問題，人類到現在還沒辦法解。
5. 氣侯變遷
6. 部落合縱連橫
7. 地球上複合式災難，例如地震、洪水、旱災、戰亂……等問題，至今依然存在。

儘管故事看起來天馬行空、殺氣騰騰，但卻非常有趣。最後再提一點，作者巧妙安排一齣好戲，那就是現在最夯的復仇者聯盟，有興趣者值得跟著本書去探索一番。

栗子：木典和可西

——黑小人之根

栗子：木典和可西

——黑小人之恨

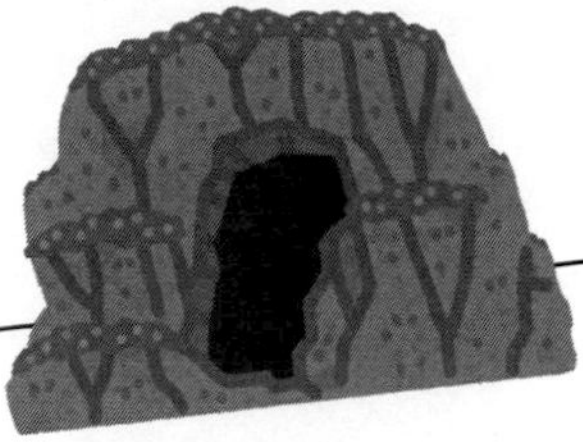

c.o.n.t.e.n.t.s

目錄

第一章　黑小人的攻擊

哈、哈、哈……的歡笑聲不絕於耳，這是一個和往常一般美麗的清晨，看向小河後面的樹林遠方，太陽也已經露出燦爛的陽光高高掛在藍色的天空，太陽投射到河面上反射到部落的每個人身上使得人人在這冬天的早上格外的溫暖，小孩子們在部落前的草地上互相追逐著，可西挺著微微凸起的肚子也在屋前曬太陽看著小孩子們嬉鬧玩樂。

可西不經意的望向屋內，一個身材健壯臉上露出微笑英俊的男人她的丈夫木典正和他的母親也是可西的婆婆正在吃早餐，兩個人似乎在談論著可西肚子裡的嬰兒到底是男孩或是女孩，相同的是兩個人都帶著幸福和喜悅的笑容面向著可西。

隔壁的第三間房屋延古和新婚妻子英也正走到屋外享受難得的冬天陽光。延古高大強壯又喜歡研究植物，雖然不是很英俊但也絕對不醜，上次尋找耐寒植物之旅的時候英也就深深的喜歡上延古，但是延古只有專心在植物的研究所以對英也沒有特別在意，前次太革族來攻打乙凡族時英也就不想來，當太革族慘敗的消息傳回去時英也反而鬆了一口氣，之後透過來找可西順便和延古約會去玩，近水樓台先得月，慢慢的也就順理成章的成為延古的太太。

這次去黑小人處拿回來的栗子種子已經由延古種到附近的林邊地上，在他細心的照護下現在也已經冒出芽長成為一個手掌高的小樹苗了。

但是由於憨厚的延古太醉心於植物往往忘記一些英也交代辦的事而兩人常常吵架，不過吵架歸吵架倆人恩愛的時候常常會令人羨慕異常，可西的目光移回屋子內的木典淺淺的一笑向他說：外面的陽光很溫暖大家一起出來曬曬太陽。

木典看著可西微笑點頭正要說話的時候忽然間聽到河對岸的警衛敲起了警報竹同時吹起了響螺，有敵人來襲的警示，乙凡族內所有的人忽然間全部跑動起來，木典和可西也不例外倆人跑回屋內拿起武器，木典邊走向門邊對可西說：妳留在屋內保護媽媽。說著人就跑出去，一邊順勢關起門來。

屋外所有的男人帶著武器衝向平時練習的守備地點，女人和小孩、老弱也儘快的躲進屋內，不過片刻間寂靜無聲，就在此時只見約有一百多個黑小人出現在河的對岸，每個黑小人都拿著刀，口中

粟子：木典和可西

—— 黑小人之恨

嘶喊著：打、殺、還我命來……

殺呀……。一群黑小人衝向乙凡族的警衛和對岸這邊來，嘶吼聲伴隨著跑步聲越來越近，乙凡族的人只有聽木典說過黑小人並沒有真正的看過，現在卻一下子看到那麼多，而且是打、殺而來，每個人看得心驚膽跳。

嚇的是第一次看到那麼多金光閃閃的刀子在太陽的折射下散發出耀眼的光芒，一望而知銳利無比，幾乎忘記殺了跑到眼前的敵人，在一陣殺敵的怒吼聲中乙凡族的男人開始擲矛防衛即將渡河攻來的黑小人，黑小人雖然矮小但是手臂粗壯有力，而且這次是有備而來，準備了長木頭可以兩三人坐一隻划船過河，到達對岸又可用來攻擊或者是躲避，乙凡族的人從河這邊拋擲過去的矛因為距離遠所以很容易被躲開或是用刀打掉。

直到過河中央，因為水流比較急湍，黑小人必需要用力去划船顧不得飛過來的矛，而且距離乙凡族人也比較近擲矛力道比較強，此時乙凡族人加強攻擊，如下雨似的矛和簡單的弓箭不停的射向黑小人，黑小人陸陸續續有人中矛、中箭死亡或受傷摔入河中。

戰爭持續著，並且打鬥越來越激烈，傷亡過半的黑小人終於強渡過河，乙凡族面對兵臨城下，黑小人一鼓作氣的殺到圍籬下。

五、六十位剩餘的黑小人舉起亮光閃閃的刀拚命砍斷圍籬的木頭，一邊閃躲頂上投擲下來的矛和重物，在這危險萬分的爭戰中黑小人由於雙手強壯有力所以能夠抵擋乙凡族的攻擊，千辛萬苦終於在圍籬的一角用銳利的刀砍斷、挖開了一個洞。

黑小人本來就瘦小很容易的就從洞中穿入乙凡族圍籬中，雖然乙凡族的勇士使用刀、矛刺殺但是都被黑小人的刀砍斷，最後約五十位左右的黑小人進入圍籬內，乙凡族的人雖然勇敢但是武器卻明顯的不如黑小人，加上黑小人手臂長又孔武有力，乙凡族的勇士們奮不顧身拚命的找機會切入殺敵。

但是乙凡族的人矛和刀不停的被砍斷，只有利用小飛刀偶而乘隙射入傷了黑小人，乙凡族的人雖然包圍了黑小人，但是卻被黑小人一攻擊就裂開隊形頻頻死傷，而且族裡的矛已經被用光了，只剩下手中的矛無法再用丟擲的方式。

眼看著死傷太多已經無法挽回，族長說：大家不要再作無謂的犧牲有家眷的先撤離，帶家眷離開以後再報仇。沒有家累的人請和我再抵擋一下子。快、快一點、快走，再慢就來不及了。

因為死了很多同胞而淚流滿面的木典和一些有家小的勇士儘管依依不捨仍然迅速的離開現場。

木典迅速的離開廣場跑回家裡帶走可西和媽媽，其他的族人也同樣帶走妻子和老小，包括延古和英也也在眾人之列，從乙凡族的左右兩側圍籬的小門過河逃走，乙凡族的人平時並不用這兩個小門只有在非常的時刻才會使用，當他們逃到河邊時木典說：可西妳帶著媽媽先過河，現在河水也只有半個人高安全沒有問題，過河之後就往太革族去，我要再回去看一下隨後就跟來。

這時候英也和延古剛好也跑過來，木典回頭對著英也說：妳們想去那裡？如果還沒有決定好的話是否可以先到太革族去？順便看看太革族人是否安好？也可以先躲避黑小人的追殺，我也想讓可西跟著妳們這樣大家比較有伴又可以互相照顧。

這時候可西想對木典說一些什麼話但是又搖了一下頭，隨即轉向英也說：是呀！我想回家去看看，妳們和我一起回去好不好？

話說可西的父親梅立原來是被驅逐出太革族的，但是在太革族攻打乙凡族的時候太革族全軍覆沒，此時太革族內幾乎沒有壯男可以守護族人，梅立此時又被請回去當族長，所以可西才說想回太革族。

英也才想回答又看看延古，延古看著英也說：妳們先回去太革族好了，我和木典要回去看一下會比較安心，妳們一路上小心，我們去去馬上就回來找妳們。

木典馬上接著說：是、是的我們馬上就會來找妳們，妳們趕快走。用手向她們揮一揮對著延古說：我們走吧。大家的心裡都很難過但是卻不想表現出來，也很了解彼此的想法，可西和英也迅速的涉水過河，木典和延古一看到她們倆過河中央即刻跑回族內，此時族長和剩餘的少數族內勇士還再為大家爭取時間，就在木典一跑進圍籬下就看到族長身體腰邊被黑小人砍了一刀，幸虧有旁邊的勇士拿矛刺向黑小人才免於繼續被追殺，木典和延古儘速加入戰局保護族長，這時候族長說：大家現在可以離開了報仇的事等待以後再說，快一點！不要白白死在這裡，我要大家聽我的話馬上離開。

族長說這話時已經是用吶喊的聲音了眾人才虛擬刺黑小人一下各自散去，黑小人雖然知道乙凡族人要逃跑但是卻無可奈何，因為一般人比他們高出一倍有餘逃跑當然是快多了，另一方面渡河也不須假借任何東西即可，木典和延古背扶著族長也迅速的跑出圍籬，後面有一些勇士殿後防止黑小人的追殺，在一陣追殺中乙凡族剩下的少數勇士和老弱婦孺都開始離鄉背井的離開這生活大半輩子的家園逃向不知的未來，甚至於要去那裡都不知道，所以大部分的人都願意跟隨木典往太革族去。

栗子：木典和可西

——黑小人之根

第二章　回到太革族

在可西和英也渡河離開後幾個小時，木典和延古就找到她們，之後很不幸的是族長在渡河幾天後就因刀傷嚴重又渡河時受到感染離世而去，因為在逃難無法給族長隆盛的喪禮所以眾人無奈之下只好草草就地掩埋，簡單的行個禮就離開了。

因為有很多老弱婦孺大家走的不快，在木典和可西的指引趕路和不停的催促下乙凡族眾人約於十多天後抵達太革族，不過看到的是令人髮指和心痛的景象。

只見圍籬外散布一些太革族人的屍體，有一些屍體有被啃蝕，其中一個就是可西的哥哥司模，此時的可西已經沒有時間悲傷，有一個不幸的念頭在可西的頭腦裡，眼睛也越來越朦朧，漸漸往圍籬內部走越來越多的屍體，走過圍籬大門太革族人的屍體更是遍佈族內，其中有一些黑小人的殘骸斷手或是斷腳，但是沒有黑小人的屍體，研判應該是被其他黑小人帶走了。

可西很緊張的到處尋找梅立和母親，一直喊一直叫仍然找不到，直到在後圍籬外看到更多的老弱婦孺的屍體，她的爸爸梅立倒在最前面，左手仍然牽著他的太太李恬，所有的屍體都呈現腐爛狀態，太革族四周大樹遮天，在這春寒料峭的日子還有一點冷，所以應該都死亡一、二十天以上了，悲痛萬分的可西在木典和眾人的幫忙下很快的處理後事，先挖幾個大坑把眾多太革族人的屍體埋葬，可西把父親、母親和哥哥的屍體挖一個坑將三人埋在一起，英也的家人也在這一浩劫下罹難，延古也幫忙處理埋葬事宜，迅速處理完後事以後眾多老弱婦孺不想再走，可西建議眾人就近在太革族的後方約五公里處的小山搭建一個小山寨可以安居下來，因為此地不管水源和獵物、果樹以及安全監控都類似太革族，黑小人也想不到他們會在屠族之後住在那裡，以後也比較好找，因此眾人接受可西的建議搭寨定居。

木典的母親也跟著大家定居下來，木典拜託延古和英也幫忙照顧他媽媽。可西想去找她妹妹可莉，可莉小可西一歲，在三個月前嫁給天火族的天夫，天火族是在離太革族約二十天路程的西方山邊，天火族的人口約有三、四百人左右，在天火族的左後方有一個火山，不時的噴出火所以此族自稱天火族，他們也拜天火為神，所以火山又被稱做神山，天火族的左邊有一條河，在約二十公里處碰到一個小巨石壁所以就一分為二，一條流到天火族的前方，一條流向天火族的後方約一公里處，流向後方的河也叫做熱河，因為此河終年都是熱的，河裡不是沒有生物，有一種耐熱的小魚生存在其中，但是此種魚不好吃所以沒有人會去抓來吃，不過天火族人倒是很喜歡在冬天來泡水取暖。

天夫長的虎背熊腰，身材高壯，大可莉兩歲，大約在十五歲左右父母相繼去世，沒有兄弟姊妹也沒有親戚獨自生活著。木典和可西離開族人後就往天火族出發，往西約走了一天多就到達石頭山，山上依然猴子成群，兩人不自覺得三兩步就爬到石頭山上，想近一點看看猴子也順便看風景，石頭山的氣候比較特別現在是初春石頭山中的果樹有一些已經結苞準備開花了，地上野花開滿整個樹林，林中蝴蝶、蜜蜂不時飛舞刺探花開時間，連猴子都頑皮的逗弄它們

互相玩樂，從山上往下望向鱘魚湖，寧靜的湖面和四周鳥語花香，再看向四面遠方一時之間豁然開朗一掃多日的鬱悶。

他們兩人只是靜靜的看向遠方一陣子，可西不自覺得又摸摸肚子，木典笑著說：大概在一年多前我們就在前面再多一點的地方認識，那時候我絕對沒有想到我會和妳結婚，現在又有了我們的孩子。那時候的妳有一點兇，又有一點驕我還真有一點怕妳，但是越認識妳卻越來越喜歡妳，直到從黑小人處回來我就確定我喜歡的是妳了。

可西轉頭看著木典又看向石頭山的後方說：我在一年多前碰到你，帶你到我們族裡的時候我就喜歡你了，你有一點慢哦。可西帶著戲謔的表情說著。木典還想說一些什麼但是忽然間想到一個事情又轉移話題說：我想上次我們在黑小人的地底石洞中並沒有把他們全部淹死，有一些人存活，甚至於我認為伊瓦拉庫也沒有死，不然太革族和乙凡族為什麼會受到攻擊？黑小人很怕亮，雖然這次他們眼睛全都包著不知道什麼作的黑色皮膜但是也應該很不舒服，除非很不得以不然不會舉兵屠族，很多的疑問需要到黑小人的地洞去看才能了解。

可西說：一定要去看！我知道他們是有關係的，但是我很害怕，也許是因為有了小孩，也許是我怕他們看我的眼神，也許我很怕回到那個地洞。

這時的可西眼睛帶著憂心忡忡的表情望向木典，似乎是想從木典的神情底下看到一些解答，不過她知道這是沒有用的，不管如何木典還是會去黑小人的地洞的。

木典走近一步握住可西的手溫柔的說：放心好了我不會讓妳

去冒險，等我們到了天火族妳就待在那裡直到生產完畢不要再四處跑。

可西聽完了木典的話不置可否說：我們再欣賞一下風景就下山吧！乘現在太陽快下山了，趕快看一下現在風景最美了。

木典眼睛看到可西側面被夕陽一照，微風又輕吹秀髮是多麼的漂亮，有如風中的仙子不覺得看呆了，心裡想著以前怎麼不知道可西那麼美麗、可愛。

可西沒有聽到木典的回答，轉頭看到木典呆若木雞的站在那裡不由得笑起來說：你在看什麼？風景不漂亮？怎麼有一點笨笨的樣子。

木典也隨之笑起來，一剎那間兩人把那鬱抑的感覺丟得無影無蹤，天邊的彩霞也泛起美麗的光芒，世界忽然間好像又充滿希望。

兩人互相依偎著緩慢的走回山下來到鱘魚湖旁，並且決定在湖邊的樹林中休息一晚明天早上再繼續上路，因為不想讓可西爬樹所以他們選擇了一棵大樹下休息，出門時有帶一些肉乾在身上所以現在也不用到處打獵，就在他們吃完肉乾準備休息時，忽然間木典聽到有腳步聲從兩邊靠過來，兩人急忙往樹上躲，就在剛剛躲好身體就看到左邊的林中走出一隻大黑熊，幾乎同時右邊的林中也走出一隻安氏獸，木典和可西馬上意識到這初春時節從冬眠中醒來肚子餓的大黑熊和安氏獸是聞到肉乾的香味跑來的，可西說：把剩下的肉乾通通丟下去吧！黑熊可能會爬上來。

但是木典似乎有一點猶豫一下，不過仍然儘速的把肉乾丟下去，木典心裡想的是如何保護肉乾又能夠殺掉這兩隻龐然大獸，但是覺得還是先保護可西比較重要。

大黑熊和安氏獸幾乎同時看到也聞到丟下來的肉乾，兩頭大獸同時用跑的方式衝向肉乾，不對，應該是說衝向對方，因為它們的頭都改看對方，大黑熊跑到一半忽然站起來用兩隻後腳走路，舉起大前掌用凸起的大尖爪甩向安氏獸，同時張開嘴咬過去，而安氏獸則張開比河馬的大嘴還大的大口咬向大黑熊，兩隻大獸顧不了地上的肉乾展開了生死搏鬥，嘶叫聲響徹雲霄，似乎要把黑暗的大地喚醒一般。

樹上的兩人驚訝的看著兩隻大獸廝殺，另一方面不由得擔心自己等一下的安危，激烈的爭鬥一直持續著，不知道過了多久傷痕累累的兩隻大獸已經鬥的精疲力盡，動作越來越遲緩，再兩次的接觸互鬥之後幾乎快抬不起腳來的兩隻大獸。

終於安氏獸首先轉頭離開，大黑熊也只是默默看著安氏獸離去，再回頭看向樹上一下之後，低頭咬著肉乾也走開了。樹上的兩個人長長的噓了一口氣，這是當大黑熊往上看的時候兩個人緊張的憋著的一口氣才終於呼出來，兩個人無法想像當大黑熊如果要爬上樹來應該怎麼辦？放下緊張的心情兩人終於可以就地在樹上休息睡一下。

次日兩人不再拖延早早出發往天火族去，大約走了一半路程之後，越靠近天火族沿路所聞到的硫磺味道就更重，這也帶給木典和可西兩人一點興奮，因為沿路都可以找到地方泡湯，不過可西比木典還要興奮，因為不久即可看到很久不見的妹妹了，懷著興奮的心情在這一天終於走到天火族。

可是迎接他們的是一座死城，就像太革族一樣從圍籬外就有一些支離破碎的連著衣服的死骨，也許是死亡的時間已經很久或是被鳥獸啃食，圍籬內的死屍更是舉目都是，滿目瘡痍無法形容，緊張的可西急的四處尋找妹妹和妹夫，可是找遍了竹圍內外都看不到兩人，甚至於重新回到大門外把一些屍骨、衣物一一再檢視一次也都沒有看到，雖然對於有一些屍體有一點懷疑但是最後還是被否定。

找不到親人的可西急得哭起來，木典也急忙安撫她，說：如果找不到屍體一定是安全的逃過此劫難，只是不知道逃到那裡去，我想以後一定可以找到她們。不過看起來天火族一樣也是被黑小人所滅，因為從屍體的傷害外觀和武器被利刃所砍的樣子應該是被銳利的刀子所傷，起因也應該是和我們有關，想不到我們在黑小人處發生的事情所引起的遷怒居然是這麼大，大到有三個族幾乎被消滅，我們所做的事到底是對還是不對？一將功成一定要萬骨枯嗎？木典說完之後大大的一個長嘆。

可西這時候聽完木典的話也停止哭泣說：不管對還是不對就是要走下去，我也一定要報仇！我們現在就先回去太革族。

本來帶著探親解憂悶的心情的兩人來到天火族想不到人去樓空又憑空增加了一些擔憂，回去的路上一路無語，直到第三天才憂容稍解開始可以聊天。

第四天靠近中午時間這時候他們走到一處小溪河邊休息，溪水湍急向東而流，北風徐徐吹來雖是中午仍然帶來淡淡的涼意，剛好吃完早上獵到的一隻野兔，兩人靜靜的坐在河邊的一塊石頭上看著溪水，溪水中有些小魚逆流於湍急的河水拚命的向上游，一下子沖到上流但是一下子又被溪流給沖下來，這樣來來回回好幾趟，正在看得出神的時候忽然背後傳來腳步聲響。

嚇一跳的兩人迅速拿著武器轉過身來，看到來人可西又哭又喜同時跑過去擁抱，原來來人正是可莉還有天夫，可西和可莉哭的久久不能自已直到一陣子後才恢復過來，可西問起可莉天火族的事他們是如何逃離的？可莉說：我們並不知道族人為什麼會被黑小人殺害的，結婚後的第三天我和天夫就想到外面走走，我們出去玩大概十天左右回來，走回到族外幾里路看到有族人從裡面逃出來叫我們不要進入族內說有危險，族人沒有逃的已經全部被黑小人殺死了，所以我們兩人想去乙凡族找妳們，結果撲了個空，有看到很多乙凡族人的屍體但是找不到妳們，又跑去找父母親又看到妳們為他們立的墳墓，我們已經不知道如何是好，天夫提議說回到天火族看看想不到遇見了妳們，我太高興了。

天夫問說：姊姊、姊夫妳們怎麼會在這裡？可西說：我們是來找妳們的，但是到天火族卻找不到妳們只看到很多屍體，有一點擔心想回去太革族再說想不到碰見妳們。

兩對親人相見幾乎有聊不完的話題，說不完的心事，四人無心再趕路說好了一起回去太革族，當日就地休息隔天一早才往太革族出發。

第三章　回到黑小人洞穴

四人一路上同行也不會無聊，木典和可西也借此機會了解天夫的個性，天夫個性耿直有什麼說什麼，身強體壯又高大孔武有力，父母早死並不影響他的生存，至於父母是如何死的到現在仍然不清楚，只知道天夫十五歲時一次到北邊去打獵探險之後就沒有回來了。

天火族裡面也沒有親人或者好友，可莉是一次到外面狩獵時碰到他，覺得他個性善良就一直交往直到結婚，因為也沒有親人就由族長代理辦理結婚事宜，想不到一結婚後就發生此巨變，無常往往

栗子：木典和可西

——黑小人之根

在你不經意的時候來臨，四人邊走邊聊在十多天後回到太革族旁邊的新寨，此時的新寨一切已經井然有序按部就班，乙凡族人分配工作、值班警衛大家協心齊力又把新的乙凡族建立起來，並且推舉了一位稍微年長的新族長。

木典介紹可莉和天夫給大家認識，隨後四人去找木典的母親敘舊，英也和延古也來和大家聊天，延古說他有偷偷回去乙凡族，乙凡族裡外並沒有看到黑小人，我看到很多族人的屍骨就將他們收拾好，在族外挖了一個大坑埋起來，順便把一棵栗子樹苗拔出來帶回這裡種，我把它種在大門的竹籬外，希望它長大能結果造福大家。

天夫和木典也把天火族的事情給大家講述一下，大伙對於黑小人的殘暴印象更加惡劣，這時的氣氛忽然間凝結起來，不知要說什麼，這時木典打開沉默忽然間說：我想去黑小人洞底穴看看，當然

必須作一些準備和安排，危險是一定有的所以要非常小心，我不是要大家跟我去，相反的我是要大家別去，因為以目前的刀械武器我們無法和他們爭戰，只能智取不能力敵，所以人多也是沒有用的，何況這次去只是去了解狀況，無法和他們戰鬥。

可西說：不管如何我一定要去，我的父、母親和哥哥的仇我一定要報，雖然現在還無法與他們一決雌雄但是總想多了解一下，請不要阻止我！可莉說：我也要去，我和姐姐的想法一樣，何況我還沒去過黑小人地洞，我很想去看一下。

延古說：我也想再去一次，除了看黑小人的地洞之外我還想看看種在地洞外面的那些藥草。說完了還不忘看向英也，英也看了一下延古說：如果這樣我也要去，我的丈夫和好朋友都要去我一個人留在這邊作什麼？我相信天夫也會去的。

栗子：木典和可西

——黑小人之根

天夫說：是的我也會去，我怎麼可能讓我的新婚妻子自己一個人去，再怎麼樣也說不過去。

本來想讓大家不要去，結果變成通通要去這實是出乎木典意料之外，每個人都有需要去的理由，木典雖然一再的想說服大家但是卻徒勞無功，根本是大家心意已決不聽任何說詞，木典也不再多說只好改變話題請眾人多加強準備。

木典、天夫和延古再次回到乙凡族處前的河流中去撈起從這次黑小人來進攻死傷者掉的刀子，果然被他們撈到共有六隻黑小人的刀子，恰巧的他們六人每人分到一隻刀子，這樣一來每個人又增加了更多的信心，可西、可莉和英也更加準備一些小刀並且加強投擲訓練，三對夫妻於是出發前往黑小人地洞。

木典一路上懷著忐忑不安的心情前進，一方面擔心前途的凶險，另一方面又擔心懷著快五個月身孕的可西的身體，但是對於可西所要擔心的是更多，一邊是妹妹和妹夫，另一邊是知己的朋友和她的先生，再加上自己的丈夫，可說是責任毫無躲避的機會。

一行人走到猛獁象谷時木典又看到一群餓白人正在獵殺猛獁象，同樣的場景，同樣的方式，可以感覺得到的是猛獁象群正在減少，如果猛獁象不抵抗，或是想出其他的逃避方法只有滅亡一途。

如此足足比人類大十倍有餘大隻的猛獁象為何會如此無法抵抗，是因為猛獁象太善良了嗎？不會攻擊其他物種，還是不會群體合作反抗？或許是人類太聰明了？還有任何原因嗎？

三組人看了一會兒接著再繼續他們的旅程，在他們六人從猛獁山谷下來到一片樹林邊時，忽然聽到一群馬蹄聲從猛獁象谷邊坡上傳下來，第六感告訴他們一定是餓白族來了，眾人不待說明吩咐一起跑入樹林內躲藏起來，很快的一下子從邊坡騎馬飛奔下來約十幾騎的餓白人跑到樹林邊就停止。

其中有一個人跳下馬到地上觀察一陣子然後向為首的說了一些話，為首的人立即向旁邊兩個類似隨從的人也說了一些話之後，其中一個隨從和後面幾個人招呼後隨即一同騎馬跑向樹林右側內，另外一個隨從也和幾個人騎馬跑到樹林左側內，剩下連同為首的共七騎開始策馬入林口中也嘶叫起來。

左右兩邊也同時響起馬聲、口哨聲和吼叫聲，聲勢驚人響徹雲霄，整個樹林一瞬間鳥飛獸走，更加氣勢磅薄，似乎要驅趕著大地的一切，在一陣飛禽走獸騷動不久之後喧鬧的樹林又慢慢回歸於平靜，甚至於馬啼聲也沒有聽到了。

餓白人到那裡去了？躲在樹林內不同樹上的六人等待了一會

兒，天夫等的不耐煩首先跳下樹來，接著延古和木典也相繼跳下樹來，正當可莉也跳下來時忽然間樹林內陸續走出了適才進入的七個餓白人。

七位餓白人手中拿著粗製的刀慢慢的把木典四人團團圍住，說著聽不懂的語言用手指著四人，四個人把刀子插在後面兩手張開表示無惡，並且眼睛注意看著為首的人，為首的人忽然轉頭看向兩邊的人用眼睛示意，就在兩邊的餓白人準備舉刀砍殺時，兩邊各有一個餓白人頭部中刀倒下來。

原來仍在樹上的可西和英也早就準備好目標等待時機拋擲小刀，以前的練習果然沒有白費這次一舉奏效立即刃敵當地，場中餓白人一時間愣住。

就在這時木典等四人拿出身後刀子衝向左右兩邊的餓白人，當餓白人拿刀擋住時，唰的一聲餓白人的刀子立刻斷掉，接著身體中刀再中刀而死亡，餓白人首領想不到一下子四位手下全部陣亡，拿起刀衝向最靠近的天夫，結果仍然一樣只是多挨了一刀，首領也死在天夫手中。

六個人不禁同時大大的喘了一口氣，木典想到可能又有餓白人會來立即催促大家趕快離開，果然在他們六個人離開之後不久從樹林內的左右兩旁各慢慢的走出了五騎的餓白人。

木典六人幾乎用跑的深入樹林內，以躲避其餘的餓白人搜尋，並且繼續往黑小人的地穴前進，雖然一路似乎有餓白人的跟蹤不過六個人都能夠先行躲開，經過十五、六天後終於到達黑小人地穴的谷外，他們先在谷外觀察了一陣子，谷中的藥草植物和野果似乎已經有一段時間沒有人整理，只有靠近谷內的栗子樹仍然長得生意盎然，可惜不到花期所以沒有花果可栽，感覺不到有黑小人存在，不過延古已經跑到藥草堆中去收集藥材。

英也當然也跑去幫忙延古採集藥物種子、野果，木典和可西各攀一條藤往上爬到岩壁上，可莉和天夫隨後跟上爬到岩壁上，岩壁上的小河水流仍然喘急。

木典走到地底洞穴的入口，擋住河道的石塊土堆被推開了，高治的屍體也已經不見了，研判應該是被沖走了，不過地底洞穴的入口下面仍然可以看到淹水，證明底下應該無法住人，如果這樣黑小人如果有逃出來的應該也沒有住在此洞穴，但是他們到底在那裡呢？一定有一些黑小人活著才能破壞擋土石，要去那裡找他們？可西和木典都有相同的問號，但是目前誰也不能回答此問題。

他們四人在附近四周仔細尋找也無法找到蹤跡，木典向可西說：我潛水入地穴看看。

木典隨即潛入地穴中，木典延著地穴走道潛水進入，潛水到約十五公尺深就到地底面，走道兩側黑漆漆的甚麼也看不到，木典向大廳的方向潛了一陣子沒有發現什麼覺得已經無法呼吸再前進只好退回出口，四人失望的回到地面和延古兩人會合之後步入歸途。

在這初春的日子，白雪退去綠意盎然，但是這一天一路上沒有人有心欣賞，只有英也偶而向延古提問各種植物問題，直到次日他們才放開心情可以說說笑笑。

木典說：天氣似乎越來越乾燥已經有一陣子沒有下雨了，地上的植物只有靠薄薄的雪水融化不知以後會如何？延古想了一下說：所以要找到耐旱的植物或者水源就是我們現在要做的工作，其他的就看老天的安排。

天夫大而化之的說：這種事我們很難處理就由天公老大看著辦。木典看到天夫身上所圍的虎皮就對延古說：你還記得以前我們經過一個大潭水碰到劍齒虎的時候，你被潭中的怪魚咬傷腳嗎？要不要去那裡玩？天夫第一個贊成，可莉和英也同時也點頭同意，剩下可西和延古也表示都可以，六個人隨即往怪魚譚前去。

雖然以前只經過一次，但是木典和延古皆印像深刻，因為他們還碰到麒和麟兩種怪獸，如果沒有這兩隻怪獸救他們現在可能無法在這裡。

隨著要去遊樂的心情天夫唱起了天火族的歌謠；火、溫暖了我的心。火、溫暖了你的心。火、溫暖了大家的心。火、是我光明的指引。火、是你光明的指引。火、是大家光明的指引。那天火神的火光洗去我的煩惱，帶給我歡樂和喜悅。

栗子：木典和可西

——黑小人之根

那天火神的火光照亮了你、我、他，帶給大家滿足和感恩。天夫一直重複唱著這首歌，到後來每個人也都會跟著唱，這樣子走了四、五天就到達了怪魚譚。

怪魚潭水比去年來的時候縮小了許多，可能天氣太乾燥又缺乏雨水，潭邊石壁的凹穴看得更清楚，凹洞裡面看起來很深，黑壓壓的，水斷斷續續的從洞中流出，天氣雖然有一點冷但是不減玩興，六人隨即下水游泳玩樂一番。

遊樂一陣子後英也爬到凹洞中休息，其他人看到也依樣爬入凹洞中，待大家進入後英也頑皮的又更往凹洞深處內爬入，一群人也覺得好玩跟著往深處爬。

從外面看不知道凹洞有多深，但是一旦爬進來卻是感覺完全不同，裡面陰暗涼爽，甚至於有些冷，洞穴內蜿蜒曲折越爬越深，最後已經完全黑暗看不到裡面，英也害怕的不敢再深入，後面的人也就跟著停下來，此時只剩下腳底下的流水偶而大一點發出的聲音，空氣間靜的甚至可以聽到每個人的呼吸聲。

正當英也想請大家轉頭回去時，忽然間聽到好像有人在凹洞更深裡面講話的聲音，英也嚇得全身發抖，「有鬼呀」的念頭一閃而過轉身向跟在後面的延古推擠，說不出聲音的說：快！拚命的推延古，延古也很快的回轉身體，事實上是大家很快的拚命全部回頭爬出凹洞，每個人臉色慘白，氣喘噓唏說不出話來。

潭水好像更冷，大家陸續回到潭岸邊休息一下，可西說：冷靜想起來你們有沒有感覺這聲音好像有一點熟悉，在洞穴裡面有一點回音但是我現在覺得好像是伊瓦拉庫的聲音。

六個人裡面只有天夫和可莉沒有聽過伊瓦拉庫的聲音其他四人

皆有聽過，現在回想起來似乎有一點像，剛才在洞裡面忽然間聽到聲音是很可怕，但是如果真是伊瓦拉庫的話那麼洞穴中應該住著人。

大家越來越感覺到凹洞中的人是伊瓦拉庫，也讓木典和可西想再進入去看的念頭越來越強烈，木典說：我想再進去觀察。隨即渡潭又爬入凹洞，可西跟在後面也爬進去，接下來可莉和天夫、延古和英也相繼也爬入凹洞。

第四章　怪魚潭洞奇遇

木典不敢爬得太快，眾人跟隨在後面爬入，爬到上次爬入點也真的完全看不到前面的路只能順著河道慢慢摸進去，河道彎曲起伏的在凹洞中伸展開來，河道好像也沒有叉路，感覺上好像是有一些蜿蜒而上，但是後面又似乎平平些微的向下。

摸黑前進的眾人有越來越緊張的感覺，只能跟隨前面人的爬行聲音步步為營的前往，最前面的木典忽然間整個人失去重心往前趴下掉入水中，正想叫出來嘴巴已經淹沒在水裡，後面的可西並不知道木典掉入水中，跟著往前也一樣整個人跌入水中，木典在黑暗的

栗子：木典和可西

──黑小人之根

水潭中站起來，頭剛好可以伸出來呼吸空氣，手往後一撈剛好捉到可西跌下去的身體，順手把可西扶正拉出水面。

可西稍微矮小一些但是站立起來勉強頭可伸出水面呼吸，接下來的可莉、天夫和延古、英也同樣掉入水中依序站起來，眾人不敢開口講話，只能後面的人摸著前面的人的身體前往，在伸手不見五指的黑洞中涉水步步為營往前走。

走在最前面的木典用腳觸地慢慢走，漸漸的，水越來越淺，慢慢的感覺到頭會碰到上面的岩壁，以至於後面由走又成為爬行，越爬越來越窄只能匍匐前進。

木典正想放棄又覺得為難通知後面的人，忽然間兩隻手被架住頭，被重擊一下就暈了過去，木典悠悠的醒來發現身體四肢被綁，睜開眼一看其他同伴也一樣被綁在旁邊，再清楚往前看嚇得他幾乎叫出來，只看到面對面前方站著一個怪物，全身白色，皮膚濕粘、無頭髮、手腳細長、手掌和腳掌幾乎呈透明狀，很清楚的看到裡面的骨頭，眼睛呈現白濁色，沒有眉毛，眼皮闔上和上額變成平滑一致，鼻子凹陷快要看不見，嘴巴禿出，牙齒每顆都是尖銳的，不管男女只有在下半身用草和魚皮圍住重要的部位，感覺很恐怖奇怪。

但是這怪物卻會說話：你們六人為什麼來我們水底城？這時候其他五人也陸續醒來，每個人一樣都嚇得說不出話來。木典轉頭看看其他地方並沒有看到伊瓦拉庫，站在怪人後面看到一排更多的怪人，這些怪人手上只有拿短刀和長矛當武器，另外有一些人拿著長竹，在長竹的前頭用藤子綁成一個網狀，在面前的怪人前面一步的地上放著木典等人的六把短刀。

木典六人到達怪魚潭玩水時把黑小人的長刀和長矛放在怪潭

邊，眾人爬入潭邊凹洞也沒戴著以方便爬行，這時只有硬著頭皮說：我們是聽到一個熟悉的人講話的聲音才會爬進來的。

水底城的首領說：你們是聽到那一個人說話？木典回答道：是黑小人伊瓦拉庫講話的聲音。水底城的首領聽到此臉色忽然間一變再變，繼續問道：你們認識伊瓦拉庫？你們和他有什麼關係？

木典說：這樣說起來我們聽到的聲音確定是伊瓦拉庫，所以你們認識伊瓦拉庫，我們和他有仇恨，雖然開始的時候是朋友，之後我們做的比較超過，但是他也不應該滅絕我們三個族群，總之現在我們之間只有仇恨，已經不是朋友。

我想知道伊瓦拉庫為什麼會來這裡？你們和他有什麼關係？水底城的首領聽到此臉部表情趨緩說：伊瓦拉庫在大概五、六年前為了找適合居住的地下穴道曾經來到這個地方，那時候我們的祖先已經被困在此好幾百年了，以前我們曾經和你們一樣生活在地上，在一次居住地大火我們祖先幾百人躲入此有水洞穴中，想不到碰到大地震把洞口堵塞，也許地殼有一些變動移位我們的祖先再怎麼樣也找不到出口，雖然曾經潛水四處尋找也找不到出口幸好洞穴內魚蝦、水生植物生態豐富才能存活，但是洞穴內的水常常滿到無一處乾燥之地全身都泡在水中，變成一直要在水中游泳、休息、找尋食物，但是還是需要呼吸，慢慢的身體就進化成現在的樣子，直到伊瓦拉庫偶然找到這裡我們才知道又有出口了，但是我們也已經無法適應外界的環境只能再到洞穴內生活。伊瓦拉庫會告訴我們一些知識讓我們生活的更好一點，但是這兩年卻常常指使我們幫他做事，要我們找一些特別的水中的動、植物如果不滿足就恐嚇要在水中放毒讓我們無法生存，或是憑黑小人的武力也可以輕鬆的把我們殺死，我們經常敢怒而不敢言，剛剛我本來要殺了你們，還好你說的話恰好救了你們自己。

水底城的首領隨即命人解開綁繩，並且介紹他自己叫做休羅，他們的族群叫做魚族，族人剩下約百人左右，能夠戰鬥的人更少，畸形兒越來越多，他們正在思考如何延續族群，休羅說：進化是得以延續生存是很好，但是錯誤的進化讓生存的空間更狹小是悲劇，也許我們需要更多的進化才能回到過去。

木典問：這次伊瓦拉庫來這裡找您不知是為了什麼事？休羅說：他這次來要我們幫忙找乾淨可以住人的岩洞，岩洞內也要容易取水，水中如果魚蝦和植物豐富更好。

可西追問道：既然伊瓦拉庫會來這裡那您知道伊瓦拉庫住的地方嗎？休羅說：每次都是他主動來我這裡，我沒有想過要找他，所

以不知道他住那裡，不過他最近幾乎每三個月來一次，他剛才來所以應該三個月後會再來。

延古問說：請問他來做什麼？休羅回答：你似乎對於生態很有興趣，剛剛看你一直注意我們水中的植物，不錯他是來要求我們幫他找一種水生植物叫做回春草，此草只有生長在極深極冷的地方，只有靠著極微弱時有時沒有的光生長，但是可能還沒有長大就被水裡的魚、蝦吃掉，這個草的用途聽說可以治百病，也可以治傷痛，無病也可以強壯身體，只有在高山的湖泊或是深海中才有。

延古進一步問道：那你們想去那裡找？還是已經找到了？休羅說：目前還沒有找到，不過附近的高山已經找不到所以應該從更加北方的高山找起。

延古問：你們要如何出去找？出去是用走的還是？？伊瓦拉庫

一定不是從我們進來的地方出入否則我們就會碰到他？休羅說：你很好奇，沒錯有另外一條路通到外界，只要走到外面有水的地方往上下游去就可以到達任何地方，應該很容易躲過人群，你是想我如果碰到人會怎麼樣吧。好了我可以告訴你們如何走出去但是請你們幫我殺伊瓦拉庫。

木典六人心情暗自一樂差一點跳起來，木典說：我們很樂意配合，不知道您有什麼計畫嗎？休羅說：三個月後你們就躲在洞口外面，黑小人每次都來約十個人左右，四個人進入洞內，六人留在洞外，下次來的時候六個留在外面黑小人就由你們刺殺，裡面的四人由我們刺殺，你們只要聽到洞內有異響傳出來就開始動手，我們的生存全靠此一戰只有全力以赴，勝敗各自努力，雖然你們要殺死比較多的人但是以你們的滅族仇恨應該會很高興才是，你們可以離開我相信你們一定會回來共同殺敵的。

天夫問休羅說：你怎麼會那麼有把握？休羅說：很簡單，因為你們一聽到伊瓦拉庫的聲音就勇敢的爬進來，這樣就證明你們很在乎。如果到時後你們不來我也有其他的手段可以應用，我想這一兩年來我們還是有準備的。

木典說：我認為休羅是很聰明的，請教一下長竹子的藤網是作什麼用途的？休羅說：藤子本來是黑小人教我們從外面山上取來作其他用途的，但是我把它改了一下可以當工具也可以當武器，當工具可以用來捉魚或者撈起水生植物，當武器的話如何用請你們自己想。

木典看了大家一下就說：請帶我們出去。休羅也不再說什麼帶著六人循著另一條水道彎彎曲曲的走，時而狹窄時而寬大到最後只剩一小縫僅可勉強蹲下來爬行過一個彎就到岩石外，這段路對所有的人來講已經很困難了，但是對天夫來說簡直是酷刑，因為他高又壯幾乎是勉強擠出來的，下次絕對不想進去，岩石外可以他們爬出來的地方是一個水道進口，現在因為水量少比較容易進出，外面就是一條小溪，小溪順著山谷地形蜿蜒流到此碰到岩石，一部分水就流入洞穴中，大部分的水再往下流到山下，以前小溪水量大時會把整個洞穴淹沒無法進出，也看不到此洞穴，現在水量少才會露出底下的洞穴，而此洞穴離溪底也不過一尺高而已。

六個人下到山下順著山路往回走了半天就回到怪魚潭取回刀械武器，特意去找黑小人沒有找到，想不到卻在怪魚潭找到伊瓦拉庫的蹤跡，六人一路想先回族群再做考量。

第五章　功敗垂成

六人刻意繞道避開餓白人和猛獁象的活動範圍，先往西行五、六天再往南，最不想見到的餓白人卻偏偏遇到，原來木典殺了餓白人的首領只是一個小頭領，此七個餓白人被殺後馬上被報告到更上一級，上一級的首領叫做夫士基，他聽到消息後要求眾人立即尋找木典六人的下落，所以他們把搜索範圍擴大了一倍。

因為木典六人的行程都在死谷或者岩洞裡所以餓白人找不到他們的蹤跡，但是他們要回部落就要從旁邊經過，雖然他們六人繞道更遠一點但是仍然被發現，發現他們的是一個小隊的斥候，此斥候從樹林內騎馬跑出來剛好遠遠看到六人沿著樹林邊走，斥候直覺得往六人的地點衝跑一下子，但是忽然間又想到不對調轉馬頭回去報告，這樣一來木典六人也看到了餓白人斥候。

木典看到餓白人跑回去就知道會引來更多的餓白人，六人急忙開始奔逃，他們不敢往太革族部落的方向跑，怕餓白人追蹤去部落只有向更遠的西邊逃避。

六人拚命的逃，因為餓白人的馬跑得快多了，六個人是儘量往山中跑以免讓馬追趕，足足跑了約一天左右才敢停下來休息，放眼看去黃色山巒起伏，眾人置身在群山之中，不見多少樹木可能氣候仍在寒冬將盡未入春之際，感覺到黃色土石甚多，現在是大清早可以見到一些山嵐在山麓下湧現。

正當大家陶醉在這美麗的清晨時，忽然間地面開始作起伏的波

動，好像在呼吸一樣，連稀疏的樹木也跟隨上下波動，失去平衡的每個人東倒西歪想要站好卻又跌倒，最後只好通通趴下，經過了不知多久土地的呼吸終於停止，六個人好不容易才能站起來。

這時候從後面傳出一陣陣馬啼聲間雜著嘶叫聲，不待說話六人急忙往前跑，很不幸的跑過一個山頭往下一看是一大片黃土，只是有高有低偶而有幾棵樹，必須得跑過這大片黃土再過去才有山林，但是又不得不往前跑，眼看著追兵將到性命危急時，前面山麓邊忽然間冒出一個人，不對又一個個冒出更多的人，總共二、三十人。

這些人皮膚黃黑色，身材壯碩體形高度和六人差不多，其中一個人面帶微笑向六人招手，待六人跑到面前指著地面一個坑洞說：趕快到地底下躲藏。

大家二話不說直接跳下去躲起來，那些人拿著樹葉枝把他們的腳印抹去再跳到坑洞，並且把一個用樹枝綁成的面板上覆黃土和石子去頂住洞口，下面再用樹幹撐住，外界的人一定看不出來岩洞的出入口，坑洞下面是一條彎曲的坑道。

完成了以上的動作黃黑人就帶六人往坑道裡面走，似乎不擔心上面的餓白人會不會找來，地底下坑道不長一會兒就走到一個寬大的地下大廳，大廳有一通路往後走，似乎有更多的房間，大廳的陳設簡單，只有在靠近牆壁邊用土堆作成為桌子和椅子。

已經有十幾個人站住後面等待，他們的衣物以黃鼠狼皮或者其他黃色獸皮為主，手上的武器以小刀為主，並且拿出水皮囊請大家喝水。

黃黑人說：我叫做晨星，歡迎來到地柏族，雖然我們有時候取水不容易，但是現在還可以。

木典說：謝謝你們的搭救，我叫做木典，我們是太革族人，住在大陸的南邊，前些日子碰到餓白人起了衝突我們殺了他們幾個人，之後他們就開始追殺我們。

晨星問說：你們住在南邊怎麼會碰到他們？難道他們的勢力已經擴張到南邊了嗎？木典說：他們也沒有那麼厲害，因為我們的三個族群受到黑小人的攻擊幾乎慘遭滅族，隨即把發生的各種事情前因後果沒有隱瞞的告訴晨星，並且問道你們不怕餓白人的攻擊嗎？請問你們為什麼要救我們？他們在上面找不到我們嗎？

晨星說：他們認為我們在更西北方，想不到我們就在他們旁邊，剛剛在找你們的騎士們早已經跑過去了，至於為什麼救你們，因為我們有共同的敵人是餓白人。

天夫說：我叫做天夫，是屬於天火族。請問你們和他們有過衝突嗎？晨星說：我們以前就住在這裡，附近的山林生活生態很多，但是他們常常跑來打獵起了衝突，因為他們是騎馬打仗而我們不敵對方所以漸漸退到西北方的草原，但是那邊動物少，到最後很多猛獁象也被他們殺光了，尤其氣候漸漸變成乾冷水源不穩定，不是沒有雨就是大雨沖蝕黃土造成人物損傷，所以我們變成要常常遷息，居無定所，所以有時候我們也會回來這邊到附近的山區獵食，這個地下屋是我們的祖先們開始所建，我們的族人已經有七、八百人事實上這附近還有更多的地下屋，在雨季的時候引水進來地下儲藏，多餘的會自動排出去，所以現在乾季還沒有結束才有水喝，但是獵物不多只能到更遠的地方狩獵，我們的族人只好散居各地覓食，不過我們都有獨特方法可以互相聯絡。話說回來我們現在還無力對抗餓白人，所以希望多一點力量可以殺餓白人，大家現在就是共同敵

人的朋友。

聽到晨星的說明，木典六人總算明白了一點，他們繼續在那裡待了兩天，直到第三天清晨才離開晨星的地下屋，多待兩天是讓餓白人摸不著頭緒，無法知道他們的行蹤，才有辦法迅速的趕回去太革族，而晨星他們也離開地下屋回去黃土大草原，順便清除地上的腳印蹤跡。

木典六人這次繞道更遠一點，也走的快一點。十天後，終於回到太革族，回來後他們積極準備，更是強加練習用刀和小刀拋擲使用技巧，這次他們要對付的最少是六個黑小人以上，如果是二十人以上恐怕會有很大的困難，族群裡男人本來就不多，還要執行勤務所以無法請求增援，不但如此甚至於要求可西不要去，因為可西的肚子已經一天天的大起來，可西再四、五個月就要生了，她真的適合去嗎？這問題讓小兩口爭執了一陣子，最後木典還是讓步了。

這一天終於到來，木典六人來到水底城外的洞口外的河邊，河水不高河道也不寬，只剩下極淺的河水潺潺的流入洞穴內，現在認真看此洞穴實在狹小，大概只有一尺高四十公分寬而已，不仔細看會被河岸的灰暗色石頭遮住，河道再往下一點轉個灣流向左側，看看河道兩旁要躲藏的地方只有左邊半山的岩石後，和右側稍遠處的矮樹叢，不知道裡面的人是否知道他們六人到來？

正在想著河床下忽然間露出一個怪人頭，接下來整個人站起來，雖然是在大白天此人仍然讓人覺得恐怖，骷髏頭和白色透明皮膚還是無法形容的怪，木典吞了一下口水對休羅說：想不到您已經在外面等我們了。

休羅張開那只剩骨頭的嘴說：我們一直有人在外面監視著，伊瓦拉庫和黑小人還沒有到，我相信他們這一、兩天一定會來。

木典問說：如果黑小人來很多怎麼辦？休羅說：你們看著辦，進入洞穴的人應該不多我們一定可以應付，外面請儘量處理。

可西問：你們會有人在外面嗎？休羅說：我們仍然會有一個人在外面監視著。此後休羅就回洞穴中，木典六人分成兩組，四人躲在左邊半山的岩石後面，兩個人躲在右側的矮樹叢。

次日中午時分就有一群黑小人走過來，算起來有十三人之多，但是並沒有伊瓦拉庫在裡面，其中五個黑小人首先涉水過河，目前河水並不高，但是仍然到達黑小人的胸、腰之間，走到洞穴前從水中站起來一位水底城的守衛由他帶領進他們入洞穴，黑小人雖然身體矮小但是仍然需要蹲下來爬行進入洞穴中，其餘八個人就守在洞口外面的河邊右側等待。

栗子：木典和可西

——黑小人之根

只見他們帶來的刀子在正午的太陽光反射下閃閃發光，過了一陣子忽然間洞穴口衝出一個黑小人並且喊：救命！救命！躲在左側的延古和天夫兩對夫妻首先發難從岩石衝出到河對岸，並且開始涉水過河，在右側等的黑小人立即警戒也想過河救人，忽然間兩個黑小人悶亨了一下倒下去了，原來是躲在右側的木典夫婦用小刀趁黑小人只看對岸不注意後方時掩到黑小人後方偷襲成功。

黑小人俯背受敵又想救人一時手忙腳亂進退兩難，這時候木典六人已經衝擊到黑小人前面展開廝殺，六人對六人拿著同樣的刀子，黑小人手臂雖然有力氣但是碰到三個男人仍然很快被殺死，很快的木典六人，以二人對一人，黑小人守衛全數喪生，只剩那從洞穴中逃出來的黑小人拚命的往河流下游跑，木典和天夫很快的追過去，矮小的黑小人終究跑不過兩位男子，天夫首先追上那個黑小人舉刀要砍的時候木典喊出：等一下，不要殺他。

從後方的河床上也出現了休羅跟著喊：不要殺她。

天夫舉起刀用刀背往黑小人的後面敲下去，黑小人踉蹌一下跌倒下去，天夫隨即跑上前去舉刀放在黑小人的脖子上，押住他。

木典和休羅也很快速的趕到，其他人也在之後陸續來到，木典問那個黑小人：伊瓦拉庫在那裡？休羅說：問她，她一定知道，因為她是伊瓦拉庫的妻子，這時候木典六人才看出她是女性。

原來伊瓦拉庫的妻子叫做伊瓦拉蜜，黑小人女子嫁給男子必須從夫姓，本名叫做帝羅拉蜜，這一次伊瓦拉庫剛好有要緊事情不能來這裡，所以讓他的妻子代替他來。進入洞穴中時她在最後面，前面有四人包圍著她，所以休羅動手時無法一下子套住殺她，護衛一發覺不對頭被套住拿刀亂砍，好不容易才把護衛制服殺死，她又比較矮小所以很快讓她又從洞口逃出來，又遇到木典六人忙著阻殺洞穴外的護衛才讓她跑到這裡。

伊瓦拉庫在那裡？木典再問一次伊瓦拉蜜。

伊瓦拉蜜從地上站起來，整理一下衣物，她的衣服故意穿得和其他黑小人類似所以從遠處看並看不出來不一樣，但是仔細看仍然可以看到她的衣物邊角上畫有小圖樣，手上還帶著寶石手環。

她從容的啟開小口說：你們找他作什麼？你們把我們害得還不夠嗎？我們族人原本有約七、八百人，由於你們的大淹水使我們死亡超過一半，這還是我們祖先有先見之明在地底城大廳旁建制了避難所，此避難所可以隔絕淹水，不過因為很久沒有使用族人疏於防範，沒有料到會有那一天真的會用到而死傷如此慘重，去找你們攻打你們我們也付出了代價，族人只剩下百人左右，所以伊瓦拉庫一直在尋找回春和醫療死傷病痛的藥物才會來這裡，今天又損失十二名護衛，扣除女子、老弱、幼小我已經無法想像我們族群的未來在那裡，伊瓦拉庫為此已經壓力大到生病了，你們還想怎樣？

伊瓦拉蜜一口氣說到這裡哽咽不停的哭泣，淚如雨下。

可西說：我們只是為了逃亡才出此下策，並不是故意殺人，而妳們卻屠殺我們三族幾乎到滅族的程度，無論如何妳一定要說出伊瓦拉庫的下落，我們一定要找到他。

伊瓦拉蜜說：你們殺死我好了，我是不會說的。休羅說：捉到我洞穴裡去我不相信她能忍耐多久。延古撿起伊瓦拉蜜掉到地上的刀說：我實在是很不想再度進入洞穴中，但是我可以再忍耐一次。

木典說：我很不想這樣做，只要妳告訴我們伊瓦拉庫現在在那裡或是說妳住的地方就可以了。

伊瓦拉蜜只是兩眼瞪著木典和眾人不再說話。

休羅說：只好把她關到水洞裡去。說完就有四個水底城人把伊瓦拉蜜押進洞穴內關起來，木典對休羅說：現在你有什麼看法？

休羅說：一個是繼續逼她說出來，一個是等伊瓦拉庫找來，伊瓦拉蜜出來很久沒有回去，伊瓦拉庫一定會找來的，我們就守株待兔等他來。

木典六人簡單商量一下覺得先在外面等看看伊瓦拉蜜會不會先說出來，一邊可以監視看伊瓦拉庫會不會找來，此外三位男生會輪流進入洞穴中查看。

伊瓦拉蜜被拘禁了約二十天，身體泡在水中太久脫水很嚴重，其中有三次可西進去和她談，但是都沒有結果，不過可西態度已經有一點軟化，可西的肚子也越來越大，再四十幾天就要分娩了，是不是這個原因讓她開始同情伊瓦拉蜜，可莉和英也都進入一次和可西同樣也替伊瓦拉蜜求情，為了此事可西再度進入洞穴中和休羅談。

休羅說：我放她走黑小人絕對不會放過我們魚族的。

可西說：都已經這麼多天了伊瓦拉庫應該會找過來了，拘押她、殺她都沒有用，改變不了什麼。

休羅說：妳們有沒有想到我可能會滅族，雖然照她的說法黑小人所剩不多但是誰知道她說的真假。

可西說：只怪運氣不好伊瓦拉庫沒有來。而是伊瓦拉蜜來，現在已經是這樣了還不如放了她趕快想以後要怎麼樣。

休羅說：以後要怎麼樣我自有打算，斬草不除根春風吹又生。

可西說：雖然我對伊瓦拉庫很生氣恨之入骨但是伊瓦拉蜜是無

辜的希望你放她走。休羅說：現在放她走也無濟於事徒增困擾。

可西說到這裡也無可奈何，眼看著日子一直過去木典六人更加提高警覺深怕伊瓦拉庫隨時到來，就再十天左右的清晨值班的延古發現了密密麻麻的黑小人出現在山谷下面，叫醒其他五人之後，木典跑到到洞穴口叫：黑小人大軍到了快逃！說完馬上和其他人往早就摸清楚地形的山區逃走。

第六章　逃亡被捕

當六人逃到山區沒有想到上面也有幾個黑小人斥候巡邏兵，要躲也來不急了只好硬著頭皮沖過去，幸好巡邏兵只有四、五個人，六人殺死了兩、三個黑小人巡邏兵後，剩餘的黑小人和木典六人兩邊的人各自逃離。

木典幾個人往深山裡面逃跑，樹木越來越高大，山也越來越陡峭，本來想越過這山區再往族群回去，但是這些山似乎無止盡，越過此山那山還更高和難行。

經過了十天他們來到一個山，由山上往下看山谷呈現一個窄窄的葫蘆形，中間有一條小溪像小蛇般彎彎曲曲流過，由葫蘆谷的頭部下到山谷下喝水休息，山谷內有一些奇花異草，感覺到空氣中瀰漫著藥草味，不過聞起來卻是很舒服。

木典感覺到可西行動越來越不方便好像臨盆的時日快到了，本來是想回到族裡待產可是目前看來似乎不可行，和可莉商量讓可西在此生產，延古和英也可以先回去族中。

以前的女人都由母親教育生產和生活的知識，所以女子都可以自行生產，結果當然因此死亡和夭折子女的也多，後來才知道以熱水洗淨可以增加女人的存活和子女的存活。

話說回來英也表示她想留下來幫忙，木典夫婦當然很高興，不過谷中碎石遍佈無遮風避雨之所，雖然看起來小動物、野獸不少還是無法居住，只好另找他處，這時候延古說：我們在這附近再找找看有沒有洞穴。說著就往谷內後山跑去，木典和天夫也各到溪流兩岸尋找，只留下三位女子原地休息。

不到半天就聽到天夫在山谷右側山上喊說找到了，眾人一聽非常高興立刻前去，原來這處山洞在谷右側後方半山的岩壁上相當隱密，洞穴外窄內寬，最好的是洞穴後方上面岩石邊有一小小的破洞，雨水順著岩石流下來在後面低凹處積聚變成一個小水池，雖然有一段時間沒有下雨，但是還是偶而有露水之類的會流下來，所以小水池的水還有不少。

洞穴是由岩石形成所以乾淨清潔，岩石地處半山也無野生動物來到是很好的住處，不過三餐仍須下山狩獵，眾人很高興的整理入住，葫蘆谷中的小動物很多飲食不須憂慮，延古最是高興的人，可以研究一些谷中的花草，也是初見到此時最想留下來的人，木典和天夫時常跑出谷外尋找較大的動物，經過了十天左右算一算可西再過幾天就要臨盆了。

這天清晨天空忽然間下起雨來，木典想到谷外看看有沒有比較大的野獸作大獸衣和給可西補充養分，自從得到黑小人的刀子獵殺大型的野獸也比較有信心，詢問天夫和延古有沒有興趣一起去，延古因為下雨不適合研究藥草所以說：好阿！天夫說：既然這樣我們三個就一起去。

木典三位人夫就要結夥出去狩獵，英也卻顯得不大高興說：你們可以出去玩很高興喔！可西看了一下延古說：你就帶著英也去玩吧！再看看可莉說：妳也出去玩吧！可莉說：不好吧，萬一我們出去時妳剛好要生產怎麼辦？可西說：預產期還要十天左右，所有該準備的差不多都有了，吃的也都有了，你們出去也不會很久的，再說我也可以自行生產沒有問題的。

木典說：不管有沒有打到獵物最晚明天就會回來，最快說不定今天晚上就會回來，不過都沒有人在旁邊好嗎？還是讓可莉留下來比較好。

可西說：你們不用擔心，下雨天我不便出去不然我也想出去，此洞附近沒有野獸和危險的動物大家都清楚所以沒有安全的問題，不要因為我影響大家。

聽到這樣說大家知道可西的好意就出發往谷外去。

可西早上沒事在洞內休息再睡了個午覺，睡夢中忽然感覺到有冰冷尖銳的金屬碰到頸子邊，睜開眼一看兩隻刀子已經架在脖子上，四周圍滿了不認識的黑小人，其中有一位像似頭目的人走了過來看了一下可西說：看起來很像，押回去再說。

等到可西挺著肚子站起來那個人又說：應該沒有錯。在一群不知多少個黑小人前面可西完全無法抵抗，只能任由擺佈，眼睛一黑臉部被人用獸皮罩住，雙手被綁起來拖走，這樣走了三、四天到達一個山洞裡，遮臉皮套被拉開，映入眼簾的是更多的黑小人而站在中間的是她很熟悉的一直在找的伊瓦拉庫，可西想：我死定了，仇也不能報了。

伊瓦拉庫問說：木典和其他人在那裡？寬長寂靜無聲的洞內響起了無數的回音不停的在問木典和其他人在那裡？可西沒有回答伊瓦拉庫的話。

話說回來木典五人快樂的去狩獵，木典臉露笑容但是心中仍有一絲擔心陰影，雖然下著雨但是走到葫蘆谷外天空竟然放晴，陽光露臉山谷邊掛起了彩虹，每個人臉上都露出充滿希望愉悅的微笑。

今天必定是有很大的豐收：天夫大笑說著。

不過走了一天路也沒有看到什麼野獸直到傍晚好不容易才看到一隻劍齒虎，眾人興奮的全力追補，只可惜劍齒虎在看到多人圍捕時，從可莉和英也兩位女子邊竄出逃向岩石上，跑上山頂轉頭看一下就跑走，似乎有一點示威的意思，眾人很生氣的費力爬上山頂只見群山薄霧環繞，那裡還有什麼劍齒虎的蹤影。

天夫不甘心還想去追被眾人勸阻了，因為天暗下來了去也是白忙，今天算是毫無所獲了，次日起了一個大早追進山區沒有找到什麼線索，大家仍然不死心奮力上山下山累得說不出話來只好作罷，沿途回去打了兩隻野兔和一隻山雞多少彌補了一點。

眾人無精打采的晚上回到岩洞中，木典首先覺得不對勁，可西雜草鋪的床凌亂的樣子和通常不同，甚至於其他人的東西也都亂丟，眾人急忙四處尋找呼叫都沒有看到，跑到葫蘆谷中尋找也沒有看到，延古較為細心終於在岩洞山下泥土發現了很多細小的腳印，和一個類似可西的腳印往谷內深處前去。

原來木典等人離開時踩踏岩石沒有足跡，下雨時把岩洞山下泥土的足跡沖走，所以黑小人無法確認木典等人的行蹤，下過雨時人踩踏爛泥上會留下足跡即使是黑小人體重較輕在隔天仍然可以觀察到，所以可西確定是被黑小人帶走了。

心急如焚的木典循著足跡往深谷中跑去，眾人也跟在後面跑，一直跑往葫蘆谷的底部，翻過不知道幾個山，尋尋覓覓經過了兩天來到一個山谷，谷外的氣候乾冷，谷中內部卻覺得溫暖，山谷並不大四周被大山包圍住，谷中和伊瓦拉庫住的山谷同樣種了很多奇花異草，不過大家現在並無心思觀賞只希望早一點找到可西，走到谷

底被一棵大樹擋住，這棵樹剛好長在谷底岩石邊，樹幹已經覆蓋到岩石上，頂上被雷擊切掉一半，但是仍然綠意盎然長滿了葉子，山谷到此就沒有路，再往前需要爬上山去，眾人正想繞過樹幹爬上山忽然間從樹幹側邊跑出了很多黑小人，四周岩石上也出現密密麻麻的黑小人，木典五人一直後退到完全被包圍住無路可行。

原來此大樹剛好擋住岩洞的出入口，岩石和樹幹間有一個隙縫恰好可容一個人通過，樹幹中間也被掏空可讓十來個黑小人站在裡面，樹幹也有孔隙可以從裡面觀察和監視外界，是一個非常理想的隱蔽處所。

從樹幹進入岩洞，岩洞是一個天然的鐘乳石洞穴，通過一個彎曲的路徑往下走幾步路就可以到達一個又寬大又高的天然大廳，地面原來應該是不大平整後來由人力鏟平，大廳上垂著幾百隻大小不

栗子：木典和可西

——黑小人之恨

一的鐘乳石，大廳邊也可以看到有一些鐘乳石長在地面上，最奇特的是大廳周邊牆壁的岩石幾乎都有天然各色水晶在裡面，不喜歡太亮的黑小人把暗淡的燭火照射進去反射出各色各樣不一的光芒，使得大廳呈現出五彩繽紛又詭異的感覺，大廳再進去似乎還有無窮盡的洞穴。

黑小人包圍住木典五人後並沒有繼續圍殺，木典被包圍後又顧慮到可西的安危不作困獸之鬥，只敬待黑小人的首領過來所以喊話：請伊瓦拉庫出來我有話講！伊瓦拉庫出來！一連喊了數聲但是都沒有伊瓦拉庫的回答，一會兒只看到黑小人促擁著一個長得和伊瓦拉庫相似的人走過來。

包圍的黑小人自動移出一條路來讓首領走到木典前面說：你就是木典？木典回答說：是的。可西在哪裡？你們有對她怎麼樣？她現在好嗎？首領回說：她現在很好，不過你們要棄械投降我才會讓你們見她，何況你們現在也逃不出去了，我勸你們乖乖投降。

木典見狀只好丟下武器，其他人隨即也跟著丟掉武器。黑小人立刻把包圍圈縮小，把丟棄的武器拿走，並且都用痲皮繩綁住雙手，黑小人首領說：木典可以跟我進去洞穴其他人押到旁邊監視著，等伊瓦拉庫回來再處理。

木典雙手被綁隨著首領進入洞穴中經過大廳往內左彎右拐進入一間小岩洞一眼就看到可西被綁在角落，木典：可西！可西！可西用高興又微弱的聲音說：木典你來啦！木典說：他們有沒有欺負妳？妳身體怎麼樣？可西說：身體沒有怎麼樣，但是我們的孩子快要出世了，我不甘心！木典說：我一定想辦法救妳出去不要擔心。

可西說：我只想救我們的孩子。

木典回頭問首領：你們為什麼要捉我們？伊瓦拉庫在那裡？我要和他講話。

首領回答：有什麼話你們現在趕快講等到伊瓦拉庫回來就是你們的死期，他應該這兩天就會回來。

木典：你和伊瓦拉庫是什麼關係？為什麼要幫他？首領說：伊瓦拉庫是我哥哥，我叫做伊瓦木庫，我們家也只剩下我們兩個人，我當然會幫他。去年你們用水淹死了好幾百個族人，而且把整個地下城淹沒到無法再住只好另外找地方住，但是找不到理想的地方才會來到我這裡，所以你們的事情我都知道，他去找他妻子很快就會回來，有話就趕快講，你們的時間不多了。

首領說完就離開了只剩下幾個守衛看管，可西聽完首領的話淚如雨下，悲傷欲絕的是可憐未出世的小孩還沒有生下來就隨她死去，自身難保的木典欲言又止，靜靜的讓她靠在身邊頻頻落淚，木典雖然左看右看想找機會逃逸但是在這空曠的鐘乳石洞內只有一個出口簡直毫無可能，也許洞穴內深處還有出口但是也會有更多的黑小人在裡面，時間分秒的過去。

栗子：木典和可西

——黑小人之眼

第七章　死裡逃生

倆人累了迷迷糊糊的睡著，可西在夢中生下了一個白白胖胖的男孩子，抱在懷中無限的欣喜，木典在旁邊高興的笑著。

木典也作了同樣的夢，並且痴痴的看著可西散發著剛為人母美麗又慈祥的容顏，此生最幸福的感覺油然而生，捨不得閉上眼睛怕錯失了幸福的每一瞬間，耳中忽然聽到外面有一些喧嚷說有人進來了，睜開眼才知道睡著了。

隔了不久一個熟悉的人影出現在岩洞口，步履有一些遲緩，帶著憤怒嚴肅表情的伊瓦拉庫走到木典和可西前面，伊瓦拉庫說：你們終於落到我的手裡了，還有什麼話說？木典說：我的同伴們在那裡？我要見他們。

伊瓦拉庫說：也好，死前讓你們見最後一面。隨即把可西和木典帶到大廳邊的一個淺岩洞，天夫、可莉和延古、英也就被綁在那裡，可西對他們四人說：你們還好吧！他們有沒有對你們怎麼樣？他們四人也異口同聲問說：可西妳還安好吧！伊瓦拉庫說：見到面了有話趕快說，就給你們一餐的時間，時間到了拖到外面斬首。

伊瓦拉庫說完就想離開，看到木典六人每個人都面帶愁容，可西此時喊說：你殺死了我們那麼多人還不夠嗎？你到底要殺死多少人才可以消氣？請你讓我生下我的孩子好嗎？說完眼淚又不由自主的掉下來。

伊瓦拉庫說：還沒有完！你們殺死我幾百個族人我怎麼可能輕

易的消氣，你們還把我們的地下城整個毀滅掉，把我們祖先辛苦建立起來的煉鐵、煉銅、陶瓷文化整個摧毀，我怎麼能甘心？

可西說：我們只是要逃離地下城所做的不得以方法，但是你已經把我們三個族滅亡還無法消氣嗎？我的父、母親和兄弟都被你們殺死了！我丈夫的族人也死了太多人，還有我的妹婿的族人幾乎都滅族了，太多的死亡還不夠嗎？

伊瓦拉庫說：不夠！我的身體也因為你們的事情而生病，我病得很重我也快要死了你們知道嗎！我不甘心！我們黑小人本來是很樂觀只求高興與工作的民族，沒有什麼物欲不貪不求，所以我們才會長壽，但是因為你們……

伊瓦拉庫還沒有說完不自覺得咳嗽起來，就在木典想再說話時一個黑小人衛兵跑過來說：有一群餓白人騎馬向這邊過來似乎在尋找什麼？也似乎知道我們在這裡。

伊瓦拉庫說：知道了，伊瓦木庫知道這事嗎？黑小人衛兵說：已經有人去報告了。

剛說完就看到伊瓦木庫走過來說：你已經知道了狀況最好不要讓餓白人他們太靠近，不然我們的岩洞可能會被他們發現，你也知道他們千方百計就是想知道我們如何煉鐵，如何製作刀子，如果被他們抓到可是不得了，所以一定要想辦法讓他們離開這裡。

此時又有一個熟悉蹣跚的身影躍進木典六人的眼前，是伊瓦拉蜜她沒有死？她不但沒有死而且還回到這裡，伊瓦拉蜜走到伊瓦拉庫身前說：我已經不恨他們了希望你也不要再傷害他們了，你就不能算了嗎？伊瓦拉庫說：我是不甘心，不過我還是給你們一個機會，只要你們現在把餓白人引開到別處我們之間的恩怨就可以一筆勾銷，如果你們同意的話就開始行動。

哀！哀！就在這時候可西發出痛的哀叫聲，可西要準備臨盆生產了，木典已經毫無選擇商量的餘地，只有同意伊瓦拉庫的條件，木典看看天夫和延古他們兩人都點頭示意然後轉頭對伊瓦拉庫說：好！我們答應你的條件，可西要生產了另外兩位女伴就留下來幫忙，我們三個男人出去引開餓白人。

伊瓦拉庫並沒有表示意見，英也本來還想說些什麼不過看看可西和延古還是閉上嘴沒有再說什麼，天夫也看了一下可莉然後說：我很快就會回來。

暫時停止哀叫的可西看著木典說：你放心我會幫你生個白白胖胖的小子給你。

木典回答道：你才要放心我們一定都會平安回來一定要等我。

延古對著英也說：沒事的妳們好好照顧可西等我們回來。

木典三個男人即刻出發，根據木典提出的構想計畫是先假裝讓餓白人看到他們然後三個人分開跑方向一致往前幾天去狩獵時劍齒虎消失的山頭，因為那個地方馬匹無法爬上去只能用走的，這段路也是他們三人比較熟悉的路，可以儘量走馬匹不容易跑的路，不過必須繞過葫蘆谷，由谷上方跑過然後再各自回來葫蘆谷他們原先的住處躲藏會合，而這期間他們必須盡力的跑最好是一天就到達那山頭，因為即使不這樣也會被馬匹迅速的追上。

木典三人各自帶著黑小人為他們準備的一袋水、一小袋肉乾和歸還給他們的刀子，其餘的矛和隨身用品都不帶以減輕負擔，由伊瓦木庫帶路經由進來的地下岩洞口再爬到谷上方，再繞到谷外面，站在谷上方經由黑小人警衛指引可以看到遠處左方樹林中有一隊餓白人騎馬過來，距離也已經不到兩公里遠了，木典三人隨即奔跑到山下，此時餓白人也靠近不到一公里了，三人稍微晃動一下身體故意讓餓白人看到後立刻分散逃跑往葫蘆谷方向去。

木典三人後續的事暫且不表，話說回來在鐘乳石洞中的三位女子。

可西和兩位女伴又被伊瓦拉庫安置在原先居留的小岩洞中待產，伊瓦拉蜜隨後也跟著過來，伊瓦拉蜜態度親切的問有無需要幫忙的地方，暫時停止呻吟的可西用微弱的聲音說：很高興妳沒有事，休羅放妳出來的嗎？妳不記恨了嗎？

伊瓦拉蜜說：休羅本來想殺死我後來卻割開繩子讓我走，然後自己連同其餘的魚族人順著河道跑走，後來就看到伊瓦拉庫帶著族人來帶我出去，想不到我第一次出任務就失敗。我後來想一想這樣殺來砍去互相報仇永無寧日，我不想過這樣的日子，而且伊瓦拉庫為了復仇攻打三個族群所死亡的那麼多的族人更是讓他心痛，復仇的結果沒有快樂只有更痛苦，所以和伊瓦拉庫說了一下我的想法不過伊瓦拉庫還是耿耿於懷，妳們對於這些復仇的事就可以釋懷嗎？

可西說：我本來非常不可能諒解，但是要一直復仇下去嗎？我現在已經是快要當母親的人，我希望我的小孩子幸福，不要一直在互相打打殺殺的環境中長大，所以我告訴自己一定要放下，我也同樣跟我的妹妹說要她放下，雖然心裡非常糾葛但是一定要放下這樣作，復仇不會使人快樂要能夠放下。

可西說完又哀痛了一下子，不過現在好像更可以忍耐生產痛。

伊瓦拉蜜說：伊瓦拉庫這一次病得不輕，病中的想法改變了，而且人也老了，我也老了不再爭強好勝只要子弟們安居樂業就可以，但是伊瓦木庫不知道他怎麼想，他還年輕了五十歲一直想作一些事，葫蘆谷的一些草藥就是他種的，所以你們一進入葫蘆谷他就知道，只是後來才由伊瓦拉庫告知要抓妳們，所以妳們才會被輕易的抓住。

可莉說：我很矛盾，我們的父母之仇能不報嗎？但是我們現在又是這樣的情況，命運不由人只能接受現實，我現在只想快樂的活著。

英也沒有說話但是緊緊的握住可西和可莉的手，似乎有很多話卻又不知如何說起。

可西又哀痛了一下，眾人感覺到可西陣痛的頻率越來越快了，伊瓦拉蜜看到此說：我不知道妳們是如何生產的，我想應該和我們一樣，如果是這樣的話應該快要生了我去準備一下，有什麼需求再告訴我。

可西三位女生可以感覺到伊瓦拉蜜確實是友善的，但是伊瓦拉庫是真的會如伊瓦拉蜜所說的變成友善？

木典三人拚命的跑，還好沿途總有一些馬匹難走的路需要繞道而行給他們三人一些喘息的空間，不過即使如此仍然跑得非常的累，就在快到葫蘆谷的上方時延古一個不小心腳踏入石頭的縫隙中，腳跟嚴重的扭傷，雖然如此仍然一跛一跛的跑向劍齒虎消失的山區。

此時三人和餓白人的距離還有一千公尺以上，但是如果是在平地也不過一下子的時間，因為在山區給三人多一點時間，拖著疲累的步伐木典和天夫扶著延古三人努力的跑向目的地，馬匹難走的地方人走起來也很累，眼看著餓白人的追兵越來越近，三人累得幾乎

提不起腳來但是憑著意志力終於爬到山上。

餓白人在山下也棄馬爬上山，木典三人依照前次的經驗從山旁左邊下山，不過沒有想到山下有一位照顧馬匹的人，三人以為只有馬在休息悄悄的繞過去想偷馬讓延古騎，想不到卻驚動了坐在地上休息的衛兵。

此衛兵坐的地方剛好被馬匹擋住，木典三人也一時大意沒有看到人，走過去要偷牽馬的時候，因為不懂馬性，又因為馬覺得不是主人所以嘶叫了一聲，此叫聲引起衛兵注意，木典三人也警覺性的張望剛好和站起來的衛兵對看，衛兵本來想像喊叫，但是看到一個是受傷，兩個又比他矮小的人想殺死他們三人給同伴一個驚喜，原來他在同胞中是一個不善於打鬥，卻對馬匹比較了解所以讓他看馬，但是他偏偏不服輸老是找人比鬥常常被揍的鼻青臉腫，這一次他認為是一個機會證明給大家看所以故意不叫人來幫忙，木典本來想逃但是看到對方並不叫人來幫忙膽子就大起來了，他和天夫各站一邊往衛兵的方向走過去，衛兵看起來很高大有一百九十公分高，體格看起來健壯，兩人不敢大意，雙方漸漸靠近，衛兵忽然出手拿刀攻擊砍向天夫，天夫早有警覺拿起黑小人的刀擋住攻擊。

卡拉一聲衛兵的刀就斷掉，天夫順勢再砍向衛兵，衛兵倒是很勇敢舉起左臂一擋，左小手整隻斷掉，衛兵也許是刀太利不知道痛，也許是衛兵很勇敢，木典也從另外一邊砍過來，衛兵好像此時才感覺到痛叫了出來。

天夫和木典也不再保留拿刀猛砍，衛兵中了數刀死亡但是慘叫聲卻驚動了其他餓白人，其他餓白人紛紛奪路從山上急跑下來，不會騎馬的三人只好一邊趕散馬群一邊急於逃跑，但是這同樣也耽誤

了一點逃跑的時間，不過餓白人變成一部分的人去追馬只有少數人去追木典三人，因為對於餓白人來講馬比任何東西都重要，但是追木典三人也是很重要的任務。

木典三人沒有騎到馬，反而要再次被追殺是出忽預料之外，最痛苦應該是延古必須忍著腳傷之痛跑步，但是被餓白人抓到一定是死亡所以三人拚命的跑。

現在木典不敢直接往葫蘆谷的岩洞方向逃，怕被發現只好往東直接跑，只是延古的腳實在太痛了，慢慢的有一些落後，天夫和木典眼看不行只好輪流背著延古，但是還是比餓白人慢太多了，慢慢的被後方追來的餓白人靠近。

延古說：放我下來你們逃吧！我還可以幫你們擋一下餓白人，不然大家都會死。

木典放下延古說：不行！我做不到，要死大家一起死，要活大家一起活，理性告訴我也許你是對的但是感情上我不能這樣作，雖然我不知道我有沒有正義感但是我不想下半輩子活在懊悔中，後面追來的只有五個人而已我們一起幹掉他們。

木典雖然這樣說但是他清楚的知道更後面的餓白人馬上會找到馬趕過來的，不過他知道只能這樣做。

天夫聽到這裡也停下來準備等餓白人跑過來一決生死，延古也不再說話左手拿出刀，右手緊握小刀，木典和天夫也作同樣的動，他們三人都知道這是生死攸關的戰鬥，餓白人一下子沖到前面來。

木典三人幾乎不約而同在第一時間射出小刀往跑在最前面的餓白人身上，衝擊力加上射擊力小刀幾乎完全沒入三個餓白人身體裡面，木典三人刀換成右手把由沖跑變成漫步的三個餓白人砍殺於當場，另外兩個餓白人沒有想到同伴這麼快就死，非常氣奮當下立即拿刀砍向三人，不過他們二人也沒有想到木典三人的刀是那麼銳利，所以下場如同前衛兵一樣。

不過不幸的是延古又被殺了一刀因為有一個餓白人直接砍向延古，而延古因為腳痛站不穩跌倒後背被殺了一刀，幸好木典及時趕到砍殺餓白人才能解危，也因為餓白人全神注意延古讓木典得以從容的殺死此餓白人。

這時候延古傷的更嚴重但是後背很難處理只好隨便在路邊拿個刺兒菜咬爛當止血藥草，再用刀切一塊皮衣綁住，三人拿回自己的小刀迅速離開，此一耽擱不知道追兵會不會趕來靠得更近？三人不願意去想把延古包紮完畢立刻趕路回去葫蘆谷的岩洞。

說也奇怪後面並未看到餓白人追趕，木典三人有小路就儘量走小路一方面可以省一點路另一方面可以逃避餓白人馬匹的追蹤，一路上小心翼翼的邊走邊看，不過都沒有看到餓白人追來一路就回到葫蘆谷的岩洞。

木典三人對馬性並不了解，打散的馬有時候很容易找回來但是這些餓白人的馬因為追木典三人毫無休息喝水，馬匹被木典打散後馬的天性會知道那裡有水去找水喝，這些馬就自動的往河邊去，餓白人也知道這一點往山下去找水也找馬。

就在餓白人看到馬於河邊喝水時忽然間馬群不知甚麼原因一哄而散，四處飛奔逃離，餓白人眼看著馬匹亂跑措手不及無法阻止，跑到河邊也看不到是什麼原因讓這些馬驚慌失措，河水悠悠的流著毫無異狀，百思不得其解只好儘快去找回失馬，就在餓白人離開不久從河中探出幾個怪異的人頭。

這些魚族人不曉得他們已經不經意的解救了木典三人，話說木典在葫蘆谷的岩洞中坐立不安，等待不到半天乘著夜晚想先行離開，找天夫商量，但是延古受傷嚴重血流太多需要照顧，讓天夫有些左右為難。

若是找延古談，延古一定會同意，但是對於重傷的延古有一些無情和無可奈何，木典由天夫陪伴帶著不安的心去和延古談，不過出乎意料之外的是，傷勢嚴重的延古也想馬上回去，吞吞吐吐的說英也已經懷孕了，他想快點回去，他覺得看到英也平安比他的傷勢更加重要，事實上天夫也想更早回去，三人立刻連夜出發，延古忍痛在木典和天夫背扶下經過了一天半終於回到了伊瓦木庫的鐘乳石洞。

栗子：木典和可西

——黑小人之眼

第八章　驟失摯友

木典首先衝入鐘乳石洞中，一路倉皇的四處張望尋找可西，一直走到後面小岩洞中發現到英也和可莉的背影，再走近一點才發現可西躺在鋪設毛皮的石床上，旁邊還多了一個熟睡的嬰兒，天真無邪可愛的樣子讓人忍不住想抱一下。

木典輕輕的走到可西旁邊，可西勢才睜開閉著休息的雙眼看到木典到來，帶著疲累又高興的口吻說：你們回來了？接著轉頭看看嬰兒說：是女孩子。

這時候天夫扶著延古也進來了，英也趕緊去了解延古的傷勢，可莉也過來關心並且握住天夫的手，延古說：不要緊，小傷而已，我經常在研究藥草植物的我知道沒有問題。

英也還是扶著延古到一旁休息重新敷藥包紮，木典抱起了女嬰走到英也前面說：恭喜妳，聽延古說妳也懷孕了。

可莉跳起來對英也說：是真的嗎？怎麼都沒有聽妳說。

伊瓦拉蜜這時也走過來說：恭喜妳。

英也羞著臉說：都還不是很確定，延古太早說了。可西帶著笑虐的口氣說：恭喜妳，我可以當妳的懷孕生產指導員喔。

在一片恭喜聲中伊瓦木庫和伊瓦拉庫一起走進小岩洞來，伊瓦拉庫說：照約定這一次我可以放過你們，但是下一次可就不一定，除非我看到你們真的放棄復仇，我會隨時注意著，好了你們現在隨時可以走了。

伊瓦拉庫說完頭也不回的走了，伊瓦拉蜜倒是陪著笑臉說：他最近精神不太好不用太在意，你們就等到明天可西休息好了再離開。

隔天一早眾人就離開鐘乳石洞，臨走到門口時伊瓦拉蜜還塞了一個毛皮給可西說是小孩子的賀禮，木典眾人走到谷外可西把毛皮打開卻掉出一把刀。

原來木典六人的刀子皆被伊瓦木庫沒收，伊瓦拉蜜另外送給他們一支黑小人的刀子，乙凡族本來留有一支邁樹戰死後遺下的黑小人的刀子放在族長處，可是族長把刀子埋起來說是不祥之物，就在族長死後沒有人知道埋在那裡，所以目前這支刀子是他們族人目前僅有的黑小人的刀子，也是三個族群中唯一的一支黑小人作的刀子，木典小心而慎重的暫時收藏起來。

栗子：木典和可西

——黑小人之根

六人一路返回族群就在走到葫蘆谷時，延古卻開始生病發燒，延古先服用葫蘆谷中的藥草但是不見起色，又開始調配不同的藥草也不見好轉，增減藥品的份量也不能退燒，藥品也越來越難吃，好幾次都吐出來，開始吃不下食物，身體也越來越虛弱，英也急得都哭出來，木典想到也許藥品加上一點蜂蜜或者食物配上一些蜂蜜會增加食慾，所以到處去找，終於在谷外的一棵樹上找到蜂巢，冒著被蜂螫的危險爬到樹上用刀子把蜂巢砍下來，用毛皮把四處攻擊過來的蜜蜂打死，迅速用手伸到蜂巢內抓起一把蜂蜜回去，不過這時候，也已經被蜂群螫了好幾個包了，為了方便讓延古吃藥，天夫在葫蘆谷內架起一個可以避雨遮風的簡便草寮，延古吃了蜂蜜起初似乎有一點起色，不過卻拉肚子，之後又回復發燒，這樣折騰了好幾天，反反覆覆眾人不知如何時伊瓦木庫和一些黑小人來到，眾人不

知來意是敵？是友？不過伊瓦木庫倒是很熱心的問起原因並且打開又開始有一點潰爛的傷口看看，然後說：這有可能是傷口受到某些發霉的東西感染到血液中引起的，不容易好，我們也正在研究治療的方法。

說完就退開此時伊瓦拉庫和伊瓦拉蜜也來到這裡聽到這話伊瓦拉庫說：或許回春草可以治療此症狀，這就是為什麼我會叫魚族人幫忙找回春草，雖然我用的方式可能有一點錯誤或者太勉強，但是我是為了大家以後更加健康才用的手段。

然後轉頭對木典說：請你以後碰到休羅時對他說我很抱歉，用了錯誤的方式讓他不愉快，我已經放下，即使他也有殺死我的人。

伊瓦拉蜜說：希望大家都能和平共處。說完就和伊瓦拉庫離開。

伊瓦木庫說：我種了很多藥草在這裡不過好像無法幫到什麼，我也研究各種藥材已經很久了，但是對於此症狀仍然無能為力，也許過幾年我會離開這裡到南邊大陸，或是渡海到南島大陸去尋找藥草，我聽說那裡比較熱沒有冬天，所以植物生態繁榮，奇花異草特別多所以也許會帶很多人一起去研究，目前你們就儘量拿各種藥草試試看能不能醫治延古。說完也走了。

英也聽到此幾乎哭出來，但是在延古面前仍然說：我就不相信有這麼嚴重，我們再試試其他方法，快說還有甚麼藥材還沒試的？我看蜂蜜有一點效果要不要加一些其他藥材？延古說：我所知道的藥草藥效還太少，不過我都是自己先試吃看看有沒有毒性，然後再看看有沒有功效，天要滅我、我也沒有辦法，剩還有幾天生命我要再研究一些藥材，另外一方面英也我也要把我知道的藥草藥性和藥效講給妳聽，妳儘量把它記得再將妳以後所學習到的新知識傳給我們的孩子。

英也說：我知道但是我不要你放棄希望，你要要趕快把握時間再試試其他的藥草。

木典和其他人也都同聲附和，可是延古卻意興闌珊，眼睛又閉起來休息似乎很累，英也摸摸延古的額頭說：又在發燒了，這次好像更熱，讓他休息一下。

英也說完兩隻眼睛又不停的流下淚來，眾人現在也不知道如何安慰她，可西抱著小女嬰輕輕的走到英也身旁握住她的手說：不要擔心妳還有我們，大家會照顧妳，現在最重要的是讓延古有生存意志力，鼓勵他不要放棄。

木典取來一些河水讓英也擦拭延古身體看能否降低延古一點體

溫舒服些。

半夜延古又喊冷，身體冷得一直顫抖，大家把帶來的毛皮全數給延古去蓋起來，清晨延古又開始發燒吃不下食物，英也用一點蜂蜜水讓延古喝下，希望延古會舒服一點，隔了一陣子好像有退燒了一些，但是一下子身體又發燙起來。

這樣子來來回回時好時壞，清醒的時候不管有沒有發燒跌跌撞撞的延古都會拉著英也去認識藥草，要求英也記得藥草特徵，晚上會整理一下，再說明所知道的藥草如何使用，可以互相搭配的是那些藥草，時而清醒時而昏睡的延古用意志力撐著精神，把他所知道的都傳授給英也，英也一心一意學習，忘記了懷孕初期的不舒服，也暫時忘記將要失去丈夫的痛苦只求記住所有的藥草藥性和藥效。

時間在匆忙中過去，七天後延古終於力盡與世長辭，此時的英

也才知道悲痛，肚中的孩兒將來一出生就沒有了父親，一時悲從中來放聲大哭，千言萬語無處傾訴，可西默默的在她身旁安慰。

延古臨終時對木典說：很高興兄弟一場我今生無悔不用替我難過，只有英也和她腹中的孩子以後要請你多照顧，還有族門口的栗子要記得看好，如果有開花結果要拿到我的墳前讓我看一下。嗯！藥草的味道好香。

延古抬頭對英也說：不要傷心，不要哭，以後木典他們會照顧妳，我很高興今生有妳相伴走到現在，我沒有遺憾，我死後就在附近找塊地將我埋了我可以天天聞這些藥香，希望將來我們的小孩子會喜歡研究藥草。

延古說完話雙眼無力的閉下來過世了，雖說男兒有淚不輕流但是延古是木典從小到大的同伴有如親兄弟，驟失摯友的木典淚流滿面，無可比擬的友情讓木典幾乎痛哭出聲，強忍悲痛的他們將延古安葬在葫蘆谷邊的高地，此高地可以看到整個葫蘆谷，風吹過來還可以聞到陣陣的藥草香，也許對延古來說是死得其所。

延古生病期間伊瓦拉庫、伊瓦木庫和伊瓦拉蜜都有來此觀察探望，卻也愛莫能助，事實上伊瓦木庫是來研究藥草順便觀察延古的病情，也加強他想到南方島嶼、陸地尋找藥草的決心。

英也本來想留下來和延古在一起但是眾人勸說請她要照顧好自己和她腹中的胎兒，在多停留三天後眾人帶著悲痛的心情離開葫蘆谷。

天夫認為黑小人既然不再危害，應該要重回天火族，要把天火族的族人重新找回來，恢復天火族以前的盛況，所以和可莉想打道回去天火族。木典、可西和英也三人想回到太革族，因為此行多了一位嬰兒和孕婦，途中不想惹出什麼麻煩，所以仍然稍微繞道了一下。

先往西北再往南走，而且天火族也必須往西走，起初他們走得很慢，因為英也思念延古還會痛哭，而且也有孕吐不舒服。

眾人都可以體會此心情，天夫還故意逗人開心唱起了天火之歌：火、溫暖了我的心。火、溫暖了你的心。火、溫暖了大家的心。火、是我光明的指引。火、是你光明的指引。火、是大家光明的指引。可莉也跟著唱，漸漸的木典和可西也唱起來，最後英也在大家的起鬨下也轉變笑容痛苦的笑了起來，嘴唇跟著節奏動作。

五個人走得很慢，走到最西邊要轉向南走時碰到了晨星和幾個地柏族人，經過寒暄之後才問到最近的狀況，木典把他們和黑小人的遭遇說出來，晨星說：他們有幾次和餓白人短兵相接不過都是戰敗而逃，現在更加水火不相融，目前只好韜光養晦暫時躲避一下，不過猛獁象卻是越來越少了。

木典和晨星都知道現在大家都無法打擊餓白人只能加強自己的能力和準備等待時機，隨後木典告訴晨星說他們各自會回到太革族和天火族有需要可以去找他們，謝謝地柏族人的救命之恩。

第九章　黑小人遇險

時光荏苒一下子過了十年，這十年當中，當年的年輕小伙子都變為更加成熟的青壯年，太革族又把舊山寨從新整理住人所以太革族目前有兩個山寨，一個叫做新山寨，一個叫做舊山寨，而且族人數目也有增加將近千人，這是因為失散的乙凡族人和太革族人陸續回歸。

木典也在去年被推舉為族長，不過同年，木典的母親也因病去世，可西的大女兒取名叫做木凡，生了長女之後隔年又生了一子叫做木革，英也生了一個兒子取名延農，延農從小就和延古一樣喜歡花草植物，可能英也不停得灌輸他這方面的知識也許有關係。

另外天夫因為招攬族人回族大有成功也被推舉為族長，天火族的族人數目也已經突破二百人，可莉替他生了二個兒子，兩個小孩跟天夫很像都長得結實壯壯的。

新山寨門口的栗子也已經開花結果，木典有照約定把花和栗子拿到延古的墳地前祭拜。也再次拜訪了黑小人伊瓦木庫和伊瓦拉蜜，不過伊瓦拉庫更加顯得蒼老，大家都了解他可能活的不久了。

此行最大的收穫是木典和天夫他們從伊瓦拉蜜處又各自得到五隻刀，是伊瓦拉蜜祝賀他倆成為族長的賀禮。

這期間地柏族人連同晨星來拜訪過木典兩次，兩次都敘述著外界的動態，餓白人因為內鬥分為許多族，其中依次以威集族、獸臉族和羅布族三族的勢力最大，當然其他還有尼赫族、亞特族等較小部族。

尤其是威集族餓白人的勢力範圍越來越擴張到四面八方，威集族是因為威權集中有組織的戰略而常打勝仗所以叫做威集族，威集族向西已經擴張到超過地柏族人活動的勢力範圍，以前木典經常碰到的就是威集族餓白人，這樣使得地柏族人活動常常受到牽制，白天幾乎無法活動只好退向更西邊的草原地。

威集族足跡向南最靠近的地方離太革族只有不到七天路程，以這種速度應該不久即會侵犯到太革族，幾乎南方大陸所有的族群都感受到威脅。

木典率領太革族眾人加強防禦工事和人員戰鬥訓練以備敵人來犯，天火族更是不敢大意，天夫早已訓練族人戰鬥和防衛以免重複以前滅族的教訓，更是經常去太革族與木典研究戰略和工事，也不忘記請教英也製作藥品以備萬一，同時也帶兩個小孩子去經歷和學習各式各樣的生活技巧，另一方面也可以讓可西和可莉敘舊。

不過最讓木典驚訝的是有一晚在一條河邊休息時，休羅竟然出現在他面前，休羅說：他們四處流浪找適合居住的場所，白天休息夜間出來活動。

木典告訴休羅說：你可以回去以前的怪魚潭邊的水底城中去居住，伊瓦拉庫已經原諒你們了，而且他身體很糟糕可能活不久了，回春草也不需要找了。

休羅聽到了非常高興說他們會搬回去有事可以去找他，回春草他也會繼續找希望找到對大家都好。

這一天在舊太革族寨子裡面木典正和族人開會順便閒聊族中改進事項，值勤衛兵進來報告：天夫和夫人連同二子還有兩位黑小人來訪。

怎麼會有黑小人來訪？木典心中想不出是什麼原因，不過仍然迅速的走到外面迎接訪客，一看來訪的人除了天夫一家人以外還有伊瓦拉蜜和一位黑小人衛兵，天夫先一步往前和木典相迎笑著說：今天帶來一位稀客，來訪的原因請她直接跟你說。

不過伊瓦拉蜜的神情卻是嚴肅又緊張，木典把大家請入議事廳大家坐下來後，不待木典詢問寒暄伊瓦拉蜜首先開口說：我是來求救的，請你們幫幫我們。

眾人迫不及待詢問原因伊瓦拉蜜才娓娓道來：有一群威集族餓白人前些日子闖入了我們的谷中雖然全數被我們殲滅，隨後即有數批威集族餓白人探子在附近徘徊，也被我們發現殲滅掉，但是應該很快會有更多大批的餓白人來襲，除非我們搬出谷外否則正面衝突是免不了，但是這個谷是目前我們唯一可以居住的地方，鐘乳石洞穴中後面深處我們正在蓋冶煉、製陶等等的工廠準備長久居住，我們不想失去這個地方，所以我請求你們來協助我們抵抗餓白人，說不定在我出來之後他們已經去進攻我們了。

伊瓦拉蜜馬上又補充說：如果我們的冶煉工業技術被他們學會，或者奪去我們所製成的刀械對你們將來的危害也是非常大，請你們一定要救救我們，救我們也就是救你們自己，不過我還是想用朋友的方式請你們協助，現在他們的勢力範圍也快要擴張到此屆時難免要起衝突，你們也一定做好準備。

這時候可西帶著兩個孩子一起進來看到天夫、可莉和伊瓦拉蜜就說：你們怎麼會一起來？可莉說：我們要來找妳們結果在半路上剛巧碰到伊瓦拉蜜也要來此所以就一起來了。

可西先支開四個孩子之後看了現場眾人一眼說：你們應該有很重要的事要談，我和可莉先出去話家常。說完就和可莉一起走出去，邊走邊說：可莉妳告訴我是怎麼一回事？木典接著說：伊瓦拉蜜我們現在了解妳們的狀況了，請給我們一點時間開會和討論，我相信天夫也一樣必須回去做準備。

伊瓦拉蜜說：我了解，但是我或是我們的時間不多了必須趕快，或許現在已經來不及了。木典說：另外我們需要妳們提供武器刀子。

伊瓦拉蜜說：好！只要你們去了我們就會給與武器沒有問題。

伊瓦拉蜜隨即離開議事廳，天夫向木典說：我立刻回族群開會沒有意外的話二十天後在鐘乳石洞外谷口集合，我大概會帶十人左右去支援，可莉和兩小就先留下來在此和可西一起。

說完馬上跑去找可莉說話，一會兒天夫就打道回天火族。木典也立刻召集族中長老和族人開會，雖然表面是去協助黑小人不過實際上這是攸關本族群的安危，甚至於是居住在此中原大地所有族群的安危，與會的每個人很快都有共識馬上決議讓木典帶九十人去支援。

木典隨即去找可西談要她代理處理族長事務，因為可西原來就是太革族長的女兒，在族長過世後太革族也是在可西的努力下召回舊人才有今天的繁榮，所以大部分的族人都很推崇可西當族長，不過可西仍然推薦木典當族長，而木典也確實處理族人事務完善很得族人的喜愛。

話說回來木典隨即帶領勇壯族人九十名跟著伊瓦拉蜜一起出發在二十天後到達鐘乳石洞外谷口，遠遠的就聽到震天的兵器打鬥聲、叫喊聲和馬的嘶叫聲，只見到鐘乳石谷內擠滿了威集族餓白人，黑小人由谷上方一直投入尖矛、石頭，餓白人奮不顧身的往谷上方沖和往鐘乳石洞口殺，雙方激戰慘烈，不時的聽到慘叫聲，地上也躺滿了屍體和受傷的人。

守在鐘乳石洞口的黑小人已經退到洞穴內把洞門關閉，使得威集族餓白人暫時放棄攻擊洞穴口轉而往谷上方攻擊，黑小人努力不讓威集族餓白人攻上去雙方爭執不下，眼看黑小人快要守不住了，不久天夫也帶領十位族人趕到，共有壹百多人繞道到黑小人後方從伊瓦木庫處拿到武器後，再繞到谷口。

在木典一聲令下，眾人從外面沖入谷內拿著銳利無比的刀子見到威集族餓白人就砍，威集族餓白人沒有想到黑小人在谷外有援兵，在完全沒有提防，措手不及下想要回防已經來不及，木典眾人像似潮水般湧入，威集族餓白人上面有黑小人在拚命攻擊後面有一群年輕健壯訓練多時拿著銳利刀子的勇士如猛虎出欄般殺入驚慌之下無心戀戰，威集族餓白人前面谷口的人往後退，而後面攻擊往上坡的人也往後退前後互相推擠一時互相踐踏死傷慘重，但是威集族餓白人人數眾多馬匹互相碰撞踩死，有人想策馬逃離又不得其路總是碰到人，一時亂成一團忽然其中一個叫做夫士基的威集族餓白人首領大喊：不要亂跑大家一齊往谷外面沖。

吵雜的人群和馬嘶叫聲雖然沒有多少人聽到但是附近的小兵有聽到馬上有幾個人護著夫士基往外逃，結果外圍護衛的小兵被天夫帶來的人砍死，而被保護在中間的夫士基卻成功殺出重圍逃離成為唯一的漏網之魚，威集族餓白人這次兩天一夜的攻擊下來死亡五百多人。

兇殘的威集族餓白人傷者仍然想作無謂拚命結果都死在黑小人手中，原因是黑小人在這次戰爭中也死了兩百多人，生氣的黑小人對這些傷者本來還心存善念想留他們一命但是看到威集族餓白人仍舊毫無悔意依舊砍殺只好把他們通通殺死。

清理戰場後木典和天夫帶來的勇士各有一位死傷，悲痛之餘眾人隨即替死者舉行喪禮火化，其中也把威集族餓白人的屍體進行火化，傷者包紮安置，隨後在伊瓦拉蜜引導下眾人進入鐘乳石洞中休息飲食。

黑小人精緻的食物和酒讓未曾吃過、喝過的太革族人和天夫族人讚嘆不已，也不知道黑小人他們是如何作出這些食物和器皿用具，不過最讓人難忘的是用栗子作為食材的各式各樣食物真的是嘆為觀止。

用餐完畢後眾人大多急於返回住處只有木典和天夫被邀留下來，武器刀械伊瓦拉蜜並沒有要收回去而是贈送給使用者，所以太革族和天火族這一次並沒有空手而回。

在各自交代完族人回去要做的事情之後木典和天夫相接回到大廳，伊瓦木庫和伊瓦拉蜜已經坐在那裡等著，並沒有看到伊瓦拉庫，伊瓦拉蜜對著兩人說：這一次很謝謝你們，如果不是你們即時趕到，我們族群可能會全部滅亡，我們這些刀械如果落到威集族餓白人手中整個中原大陸的族群必將全部全數滅絕，所以以後我們將不再冶煉刀械金屬，你們所拿到的刀械也是最後一批我們所製作出來的刀子，我們已經把冶煉工廠破壞封閉今後將不再提煉以免讓惡人使用作壞事，希望你們好好保管和利用我給你們的刀子不要讓它落入壞人的手中，不過此刀子也有缺點就是比較脆遇到比它還硬的東西可能就會碰撞斷裂這是要小心使用它。

木典說：謝謝妳們的刀子我們會愛惜使用並且保護它使它不落入惡人手中，不過今後你們要怎麼樣防範威集族餓白人的挑釁？妳們應該只有剩下三、四百人要防守這裡恐怕有困難，如果威集族餓白人用比這次更多的人馬來攻擊怎麼辦？

伊瓦拉蜜沒有回答木典的問話只是表情很沮喪，此時伊瓦木庫卻嚴肅的站起來說：我們也知道情況嚴重短時間可能沒有什麼問題但是這不是長久之計，威集族餓白人在死亡慘重下短時間可能無法重整完畢但是一定會再來的，只是不知道何時，人數會比這一次的多吧！我們知道必須提早作準備但是要如何做呢？我們現在還不知道怎麼做才好。

伊瓦木庫說完之後就垂頭喪氣的坐下來，伊瓦拉蜜接著說：我知道伊瓦木庫的困擾在那裡，不過我還是想請你們見見伊瓦拉庫好嗎？

木典和天夫也沒有說不好的理由跟隨著伊瓦拉蜜彎彎曲曲的走入鐘乳石洞內部深處，沿途可見到黑小人生活的各種作息就和以前的地底城一樣，只是規模小了一些，光線雖然很暗但是很明顯的只有女性在走動而已，甚至於在工作的也都是女性比較多，大部分的男生都跑去那裡了？

事實上在黑小人的社會裡面男性是多於女性，原因不是很清楚，也許在生育遺傳上黑小人就一直容易生男的，黑小人生性樂觀，好吃美食生活上無憂無慮知足，這也是導致他們能夠活三百歲的原因，走到鐘乳石洞很後面的一個內洞中，只見到伊瓦拉庫就躺在一個鋪有厚厚皮毛的石床上，見到木典等眾人進來似乎也無力起來，只有用手稍微舉起來示意一下，伊瓦拉蜜說：我帶木典來看你了，可以坐起來嗎？伊瓦拉庫回頭看了一下用無力的嘴說：妳來扶我一下。

伊瓦拉蜜靠過去幫忙把伊瓦拉庫扶著盤腿坐起來，並且在肩膀蓋上毛皮，後背也用很多毛皮當墊背。

伊瓦拉庫說：謝謝你們這次幫助我們解危，我要伊瓦拉蜜去請你們幫忙的事我本來懷抱著希望不大試試看的心態，不過還好你們有來不然的話我們真的要滅族或是變成他們的奴隸，真的謝謝你們。

木典說：你的身體還好吧？我們來幫忙也是應該的因為這也是在幫助我們自己。

伊瓦拉庫說：你們不計舊仇來幫忙解危我還是很感激，我已經不行了，要不是不願意看到我們真的被滅絕我也絕不可能撐到現在，所以我很高興我們族人渡過了此危機。

此時的伊瓦拉庫忽然間精神變得好起來，講話也清楚一點，伊瓦拉庫突然抬頭對著後面的伊瓦木庫說：你想去南陸尋找藥草現在也許就是你出發的時間，你可以帶著你的人全部出去南陸，這會是一個冒險、驚險的行程人要多一點，伊瓦拉蜜和剩下的族人已經不多了就由她們自行決定去留，這個鐘乳石洞已經不能再住了，你們就把所有的工廠全部封閉吧！

說完再看一下眾人說：我已經無憾、無牽無掛，伊瓦拉蜜妳如果有事情需要幫忙還是可以去找木典的，我相信他是值得信賴和交往的朋友。伊瓦拉庫想再說話卻是喉嚨無力，用幾乎聽不到的聲音說：木典拜託你了。

說完無力的向側邊倒下去，兩眼緊閉長呼吸一下就不動過世了，伊瓦拉庫並不像其他黑小人一樣可以活到三百歲而是只活了兩百六十一歲，以他在黑小人族中的尊貴身分地位說不定可以活的比平均三百歲還長，不過伊瓦拉庫也說過即使可以活到三百歲人生仍然感覺像似快得來不及創造和後悔就已經要結束了，重點是你的人生希望留給後代的是什麼？或是說你希望的人生是如何過？也許還沒有想到就沒有了。

伊瓦拉蜜似乎早已知道伊瓦拉庫會過世，迅速的為他舉行喪禮，木典和天夫在參加完伊瓦拉庫簡單而隆重的喪禮之後想告辭，伊瓦拉蜜和伊瓦木庫兩人一起走過來，伊瓦木庫說：我們可能不會再見，此地已經不能久留了這幾天準備好我們就會離開。

木典說：我們？伊瓦木庫說：我是指我和我的族人。

伊瓦拉蜜接著說：我還在想要去那裡？要不要和伊瓦木庫一起去探險？不過我還是比較希望在這附近大地找個地方住，誰知道是那裡呢？說完話重重嘆了一口氣。

木典此時有一點感覺到伊瓦拉蜜似乎很不願意和伊瓦木庫一起去南陸但是她又可以去那裡呢？又為什麼不想和伊瓦木庫出去呢？一些問號浮現在木典腦海中，目前也無暇細想，卻忽然間想到了一處地點也許適合伊瓦拉蜜去住又很隱密。

木典說：你要不要考慮怪魚潭邊的水底城中去居住，此地點因為天氣乾燥少下雨洞穴中浮現很多地方乾淨、陰暗涼爽又有些洞穴很寬大適合群居，不過現在休羅和魚族人住在裡面可能要先跟他說一下，妳不用擔心地方太小因為魚族人從開始的好幾百人到現在人數不到一百人空出的地方很多，加上乾旱水變少了地就變多了。

伊瓦拉蜜似乎有一點心動但是又在擔心什麼，臉上變化很快又呈現出愁容，伊瓦木庫說：既然妳不想去南陸聽木典這樣講地方應該很不錯可以試試看。

伊瓦拉蜜說：我們的族人大約只有剩下一百多人住在那裡應該沒有問題但是我不想去拜託休羅。

木典說：不用擔心我可以陪妳去，由我來說好了。

伊瓦拉蜜似乎還想再說什麼嘴巴張開但是沒有說出話來，木典馬上舉手制止伊瓦拉蜜說：沒有問題的我會幫妳處理妥當。

再經過兩天的處理雜物和準備衣物糧食伊瓦木庫帶著他的族人啟程前往南陸，伊瓦拉蜜也整理妥當依依不捨離開鐘乳石洞隨著木典去找休羅，天夫也隨行同去看望休羅。

栗子：木典和可西

——黑小人之眼

第十章　地柏族之難

怪魚潭邊的水底城離鐘乳石洞並不遠趕路的話五、六天就可以到達，木典和伊瓦拉蜜族人並沒有急於趕路，而且人數也不少不想太招搖驚動餓白人，一路走走停停在九天後終於到達怪魚潭邊的水底城，這個地方對於伊瓦拉蜜來說是一夢魘所以她打從心裡就不是很喜歡但是她更不喜歡和伊瓦木庫去南陸，更需要替她的族人取得一個平安可以安定生活的場所，故她也沒有什麼選擇的餘地。

不過她的擔心是多餘的，木典說明來意後休羅表現的很熱情馬上挪出一個地方讓黑小人族群使用，對於休羅來說這此水底城裡面水道四通八達魚族人水性好隨便一跳即可離開危險。

即使黑小人的人數比較多也不怕，況且魚族又熟悉此地形，雖然因為乾旱使得可用的空間更加寬廣，但是不會影響魚族的活動所以不如做個順水人情希望藉助黑小人的知識來增加魚族的能力也可以得到和平不是更好。

休羅把伊瓦拉蜜請到水底城中央一片大平台上席地而坐，這個地方也是魚族的議事廳，此地也是木典第一次被抓起來的地方如今卻變為上賓。

等大家坐定後休羅說：很歡迎伊瓦拉蜜和她的族人來和我們一同居住，有任何須求請儘管吩咐可以做到的一定馬上處理，前一些時間我們和伊瓦拉庫彼此有一些誤會引起衝突有對伊瓦拉蜜不禮貌的地方請多多原諒，對於伊瓦拉庫的過世也深表遺憾。

在木典的示意後伊瓦拉蜜起來說話：過去的事情我不想再提，雖然我也可以用武力重新佔領此地但是我可能得不到我要的平靜，永無寧日，所以我要謝謝休羅和魚族願意分享此地共享和平，彼此分享生活經驗共創未來，更可以多出人力共同抵抗外人。

伊瓦拉蜜說完就坐下來，木典站起來接著說：雖然大家以前有些過結不過事情要向前看，為了我們的下一代冤家宜解不宜結，冤冤相報何時了，好不容易的和平更加珍貴，我希望永遠像今天一樣大家可以坐在一起聊天。

為了緩和氣氛天夫說我來唱一首歌不過希望伊瓦拉蜜可以給我們一點酒喝助興，天夫開口唱：火、溫暖了我的心。火、溫暖了你的心。火、溫暖了大家的心。火、是我光明的指引。火、是你光明的指引。火、是大家光明的指引。那天火神的火光洗去我的煩惱，帶給我歡樂和喜悅。那天火神的火光照亮了你、我、他，帶給大家滿足和感恩。

簡單的歌曲和歌詞卻不知不覺的融化了在場眾人的心，伊瓦拉蜜不吝嗇所提供的蜂蜜酒更是幫助大家一解心愁高興的跟著哼唱，隨著哼唱的節奏越來越快天生樂觀的黑小人和多愁善感的魚族人都一起站起來歡唱和跳舞，使得平常看起來醜陋的魚族人現在看起來也很順眼。

歡笑的時光總是過得特別快，經過一天一夜的相處黑小人和魚族心中已經沒有什麼芥蒂，天夫和木典告別了伊瓦拉蜜和休羅，在回族群的路上天夫問：伊瓦拉蜜真的有辦法和休羅相處嗎？木典無法回答這一個問題，不過現在至少能夠和平相處一段時間。

兩人邊走邊聊第五天走回到分叉路要各自回到山寨時碰到匆忙

跑來的晨星和幾位地柏族人，晨星說：請你們來救救我們的族人，我和我們族人就在離地下屋四、五天的林中狩獵碰到一大群威集族餓白人圍攻，他們似乎早就埋伏在那裡等我們，還好我們都會先找人事先偵察地形才沒有被他們一舉殺光，可是仍然被他們殺死了甚多兄弟，我和這些兄弟因為熟悉地形逃出來才想趕來此地求救沒想到就碰到你們，我們其他兄弟可能會逃往地下屋，但是餓白人追的太緊恐怕會來不及躲進去，現在不知如何處理？

木典問：這威集族餓白人大約有多少人？

晨星說：大約一、兩百人半數以上都騎馬。

木典說：餓白人人數太多必需要回去調回之前的青年勇士才有辦法但是來的及嗎？轉頭對天夫說：麻煩你跑一下你的部落找之前的勇士十天後到地下屋上面會呼吸的山上會合，我也會帶我的勇士去。

然後才對晨星說：你去引導你的族人十天後到那裡去，那裡馬匹不好走對我們比較有利，如果能夠事先埋伏在那裡就更好。

天夫和晨星兩人也都沒有異議，三人迅速的依計行事，天夫和木典這十天要來回跑好幾百公里可以說是體力一大挑戰但是為了救人只好全力以赴，進一步能否救到人這已經無法再去想先做再說這是目前木典的唯一信念。

十天後的清晨於會呼吸的山上天夫和木典終於趕到並會合不過卻見不到晨星的蹤影，晨星和地柏族人是否全部被殺害了或是尚在某地奮戰中？還是出了甚麼意外？現在要怎麼辦？木典下了決定：再等半天看看如果沒有人來再作處理。

等到了日正當中仍然看不到任何人來是要繼續等晨星呢？還是

地柏族和晨星都已經遇難沒有救了？這樣的話回去好了？可是如果不是這樣晨星和地柏族人正需要解危怎麼辦？時間緊急再拖下去恐怕也不需要救了，已經延遲了半天不能再等，木典對天夫說：你們十個人先在這裡等晨星，兩個時辰後不管有沒有等到都下來地下屋和我們會合，我們九十個人會直接到地下屋去看個究竟，也許他們被困在那裡需要馬上解危。

說完馬上率領太革族勇士出發翻過一個山頭之後看到就看到一縷白煙緩緩從山後升起，研判好像是由地下屋方向飄上來的，看來情況緊急木典帶著人沖出山頭就看到一群威集族餓白人守在地下屋上面，有人起火準備煙熏地下屋的人。

木典等九十人圍成扇形不動聲色靜巧巧的往山下盡快靠近餓白人，此時的餓白人一心一意的專注在如何使躲藏在地下的地柏人出來而鬆懈了外界的敵人，木典先派十個人偷偷把散布在山麓邊的馬鬆開綁住的馬繩，隨即在木典的暗示下每個人拿出黑小人所作的鋒利的刀迅雷不及掩耳的衝向威集族餓白人，猛攻不及還手的威集族餓白人一下子死傷大半。

威集族餓白人雖然高大體壯但是面對銳利的刀鋒下無力回擊四處閃避，偶而靠體壯被砍仍然奮力回擊，在地底下的地柏族人和晨星此時也從中間紛紛鑽出來反攻威集族餓白人，差一點被滅族的地柏人非常氣憤，殺人不手軟絕不留情，拚命的砍殺威集族餓白人，所以這場廝殺可以說慘烈愈常，只有少數的威集族餓白人能夠奪馬逃命衝出去，其中一個騎馬逃走的人還回頭瞪眼看了一下木典，那人正是上次也逃走的夫士基，夫士基邊逃邊說：天涯海角我會去找你的。

想不到夫士基竟然會說我們的話，太可怕了：眾人心想。

木典心想：這個夫士基曾經遇到過多次，每次都被他跑掉實在太厲害了下次一定要小心提防。

晨星這時走過來說：很謝謝你們的及時救援否則我們會全族滅亡，大恩大德容後再報，以後貴族人如有需求儘管來告知，一定儘量如願。

木典問起晨星怎麼會全數躲在地下城？晨星說：跟你們離開後就在離此的上一個山頭碰到我們族人和威集族餓白人正在纏鬥，我們和對方的實力相差太多只好邊打邊跑，因為無力引導到呼吸山只好跑到我們比較熟悉的地方躲藏，結果仍然被威集族餓白人識破，正在危險關頭恰好讓你們解危了，這是我族群的幸運，你們是我們的貴人。

木典說：不是這樣的，因為你們救我們在先所以今天得到了回報，不必再說謝謝，大家都是一起生活在這塊大地的一群人。

剛說完話天夫和他的族人勇士也來到現場幫忙太革族人和地柏族收拾善後，把太革族和地柏族受傷的人扶到一邊療傷，把死亡的屍體集中起來，這也包括餓白人的屍體在內。

天夫問晨星：今後將何去何從。晨星說：此地已經無法再住只好暫時搬遷到寒冷的大草原或者再找其他可以居住的地方，我再想想看。

天夫說：要不在冬天的時候就到我們天火族裡取暖，在其他季節你們就到大草原牧獵，你覺得怎麼樣？我們族群人數還不多剛好剩下很多空間可以給你們用。

晨星說：太好了，如果你願意讓我們冬天可以取暖是最好不過了，我們其他季節就到大草原上過活。

隨後太革族和地柏族各自將死者給與簡單而隆重的火葬儀式，太革族此次戰役只損失了六名勇士，但是族人和木典卻都悲傷萬分，這是他們第一次有多名勇士陣亡，地柏族則前後從山上被埋伏攻擊到躲在地下城加起來共損失了百餘人算是損失慘重，威集族餓白人也是死了壹百五十多人除了逃亡掉的以外沒有活口，可以說每族各有損傷，但是以威集族餓白人損失最為慘重，可以見到威集族的夫士基會有多麼生氣，將會把所有的帳算到木典身上。

不過太多的擔心是多餘的，地柏族人留下聯絡方式後就離開此地。先前往山上沿途把死亡的族人一一火化安葬完畢後再到大草原，他們想乘著這秋意僅有的一點點時間多少多打一些野獸以準備過冬。

栗子：木典和可西

事實上天火族和太革族也不例外都必須在冬天來臨之前努力儲存糧食，天氣也一年比一年乾旱，動物的活動範圍也必須加大才足以果腹，人們也必須更努力擴大捕食範圍，這也是生活在嚴寒北方的威集族餓白人要南侵的結果。

不過太革族和天火族都有栗子可以當副食品，當冬天來臨時也是這兩族人品嚐栗子的時間，平時他們把栗子收成後放到通風而乾燥的沙石地下，只有在冬天捕獸不易時拿出來吃，也當作溫補身體的食物，到後來冬天就會想吃栗子。

天火族也是從太革族處取得栗子進而栽種，不過栗子樹還小沒有開花，天夫把它們當寶貝一樣的照顧，將它們種植在寨子的中心天天派人看管，還不時去請教英也和和延農，延農雖然才十歲但是植物的知識卻很豐富，尤其談到栗子更是如數家珍話題多到說不完。

且說木典帶著其餘勇士剛剛回到族群中不久卻得到一個消息：天夫被威集族餓白人捕捉了。

木典是在天夫的一個帶傷手下勇士來通知天夫被捉了才發覺事態嚴重有問題，威集族餓白人是埋伏在約離地底城兩天路程的小山谷，在天夫和勇士族人走入山谷中時前後被約四、五十個威集族餓白人包圍夾殺，威集族餓白人騎馬用類似捕捉猛獁象的方式，兩人一組手拿著籐繩前後來回衝刺，天夫和勇士們的刀雖然銳利卻一時切不斷曬乾又韌又硬的老蔓藤，只能拚命的閃躲終於精疲力竭束手就擒。

其中幾個勇士拚命要保護天夫很不幸的被殺死，而天夫乘隙盡力幫助一位勇士逃出要他去向木典求援，此勇士終於含淚帶傷逃出威集族的捕殺，直接逃到太革族求救，木典先給予此勇士療傷包紮，一面詳問狀況，但是去那裡救天夫，天夫已經被抓到那裡去？

不過重點是威集族的人會要求天夫做什麼事？他們為什麼要捉住天夫？很多的疑問浮現在木典的腦中，讓此天火族勇士在這裡休息一、二天再自行回天火族去報告，跟據此勇士的說法木典隨後帶了幾個人到天夫被捕的地方查看，從馬蹄的足跡去向開始追蹤。

不過已經過了那麼多天威集族的人已經不知道跑到那裡去，木典經過了數天不停的追蹤尋找，只見到馬跡越來越往北方去，追蹤到一個小山坡變成扇形的四散馬跡到此已經無法再追，不知道往那裡追，人員也不足，只好先到天火族將此事告訴可莉。

本來想如果能夠找到一些線索就可以讓可莉放心一點，但是已經無法做到了只好讓她失望的也要告訴她暫時無法找到人，木典失

望的走回到天火族卻突然見到可莉帶著人準備出去，木典走到可莉面前問她：是否準備要去那裡呢？可莉回答：我要去找威集族餓白人報仇，天夫在他們手上已經沒有希望了，你去找天夫就有線索了嗎？

木典一下子無法回答，遲疑了一下子說：你想要去那裡找他們？他們騎馬可以走到很遠的地方然後再回來攻擊妳們，疲憊的妳們要如何回擊？妳冷靜一點先想好對策我幫忙妳一起去找，威集族沒有當場殺死他就表示短時間內天夫沒有生命的危險不用急於一時去找。

木典接著說：妳先在族中準備遠征的食品、衣物、刀械，我再去找人察看確實的馬跡之後一起去救人好嗎？事實上可莉是悲傷過了頭心煩意亂不知道如何處理才不顧一切稍微帶了一些武器、食物就要去找人報仇，現在聽到了木典的解釋稍微寬心一些點頭同意說：好！我就派人和你一起去找，找到後馬上聯絡我。

第十一章　圍攻太革族

木典立即回到太革族找了四十名勇士，備妥糧食出發尋找天夫，木典心裡總是浮現一股不安的感覺，威集族俘虜了天夫想要什麼？想知道什麼？目的是什麼？不過最令木典在意的是夫士基曾經說過的話：我會回來找你。

這句話讓木典久久無法忘懷，木典決定這次一定要找到威集族落腳的地方，可是來無影去無蹤跡的威集族人到底在那裡？

話說天夫被夫士基抓走帶到一個北邊的山寨，原來夫士基上面有一個威集族的族長叫做塔比，塔比長的看起來像塔那般高，是不是從小他的父母親就知道他會長那麼高所以取名就不知道了，不過塔比近幾年身體病痛又步入老年感覺衰弱許多，塔比很不滿意夫士基近來常吃敗仗死傷多人常常責備他。

這次去突擊地柏族本來一定會成功想不到又被太革族人所破壞，夫士基非常生氣，逃走後立即回到休息站集中所有的人因為太革族人多才會去殺天火族，想不到半路上看到天夫，想殺死天夫後來抓住天夫後又臨時起意想問他有關太革族的事，所以天夫仍然活著，當夫士基回到威集族寨中又被族長叫去責罵：說這次又死了那麼多的弟兄你要負責去告訴他們的父母。

又羞愧又覺得被辱生氣異常的夫士基，當場就拿出從天夫處奪得的刀子把塔比砍殺至死，並且馬上自稱為威集族族長，一旁的原先族長手下看到如此凶猛的夫士基也不敢說話，夫士基的手下立即

拜稱：族長好。

所有的族人也跟隨著說：族長好。

很意外的夫士基變成威集族族長，不過這個威集族族長並不好當因為馬上有部下來報告說：獸臉族在北邊突襲了我們的人，讓我們損失了四、五十人，羅布族人也蠢蠢欲動因為他們都聽說威集族最近損失了很多人想乘機擴張勢力。

夫士基聽完後下了他當族長的第一道命令：馬上集中全力攻打尼赫族。

威集族雖然在幾次的戰役中損失了一些人但是仍然有約四千名族人，有超過兩千名以上勇士可以打仗，獸臉族位置在威集族的正北方，羅布族在威集族的東北方，尼赫族在威集族的西北方，亞特族在威集族的北西北方，也就是尼赫族的後方。

亞特族有時候會和尼赫族合作牽制獸臉族的侵略，夫士基此舉只是想聯合尼赫族打獸臉族，尼赫族土地多碎石小山丘不適合居住耕作，易守難攻拿來也沒有什麼用，但是要先恐嚇尼赫族所以用大兵壓境的方式給予當頭棒嚇。

尼赫族的族長叫做樹沙是一個精明能幹的人，所以能夠在兩個大國之間生存，他知道威集族的目的只是在恐嚇他但是背後的真正意圖是什麼呢？

樹沙並不清楚，當威集族在邊界集結時，樹沙很快的派出一個隨身幕僚前往探視威集族，想了解夫士基要什麼，夫士基告訴來使說：回去告訴樹沙，我要你們集結到獸臉族邊界一起攻打獸臉族，打下來的土地分一半給你們，兩天內我等你們回覆。

聽完隨身幕僚的報告後樹沙已經知道夫士基的盤算是什麼，

樹沙心裡想：夫士基想借我的力量來消滅獸臉族？！我要如他的意嗎？樹沙把幕僚叫來說：你去告訴夫士基我同意一起去攻打獸臉族但是他一定要信守承諾分一般半的地給我而且要永結同盟，將來我們尼赫族遇到困難威集族一定要來幫忙才可以。

夫士基收到這個信息後同意樹沙所要求的條件，並且把要求尼赫族什麼時間如何佈防的事通知了樹沙，夫士基這樣作只是殺雞警猴想對所有的餓白人給予警告，將要全力攻打獸臉族，所以才同意了樹沙的條件。

在其後一個半月內夫士基聯合了尼赫族把獸臉族打敗，只剩下少數的獸臉族一直往荒涼的北方無人各小島闖逃，夫士基也遵守諾言但是把獸臉族的土地分成南、北兩邊，北方的土地分給了尼赫族，這樣一來尼赫族把威集族的東邊和一半的北邊包圍住雖然是比較荒涼的地，威集族雖然短時間得利不過以後可能會因此吃虧，夫士基的恐嚇手段得到預期的效果。

羅布族和其他族群短時間再也不敢打威集族的主意，威集族在此戰役中損失了四、五百名勇士可以說戰況慘烈，威集族的戰力折損很嚴重要再擴張勢力也有困難，但是夫士基在此戰役中也鞏固了他的領導地位，接下來要做的就是處理太革族的事。

話說木典再次循著威集族的馬跡到小山丘後四十人分為五隊，並且研議十五天後沒有追查到的隊伍就回來，回來的所有人再往沒有回來的隊伍沿著前面隊伍留下的暗號追蹤過去，木典沿著其中一條馬跡走到一個峽谷，峽谷中只有混亂的馬跡和人員走路炊食的足跡，應該是威集族人休息的地方，但是目前並沒有半個人或馬，峽谷過去有一條寬約四、五十公尺的河，河道深處約半個人高騎馬匹在上方行走非常容易，木典眾人涉水過河尋找馬跡，沿著河流兩岸走了許久始終沒有出現馬的足跡，只見河流的支流越來越多，也越來越寬無法分出人去查，約定的時間已經到了只好放棄搜尋回去再說。

木典這一隊回到約定點小山丘後已經看到有三隊在那裡等，所以依照約定往尚未回來的那一隊跟蹤過去，那一隊是最靠近北邊直接往上走，帶隊的小隊長是木典的幕僚叫做秋毫，秋毫今年二十五歲長的和天夫一般高壯，和天夫很合的來所以大家叫他：小天夫或是小天。

小天帶著七個人跟蹤馬匹的足跡，沿途馬和人踐踏的足跡一直很明顯很容易跟蹤，威集族人往北走走停停，中間有一片是沼澤地形，沼澤地上有幾處地方冒出地下水，還好天氣乾旱水並不深，最高只到大腿高，不過卻使得跟蹤變得困難，需要花更多時間尋找蹤跡，當小天他們涉水過了沼澤地，卻不知道往那裡去跟蹤因為失去了足跡，判斷有可能威集族不是直直的涉水過沼澤，有可能中途轉向，但是沼澤像湖這麼大片要到那裡找？

小天他們只好沿著沼澤周圍兩邊尋找，很幸運的沿著沼澤左側尋找沒有多久就找到了足跡，小天帶領這一小隊很高興的立即追蹤過去，不過沿途越來越荒涼都是小草、石堆、小山丘，沿途的小山丘幾乎沒有樹木、森林甚至於連小溪流也看不見到一片光禿禿的，眾人覺得這樣的地方會有人住嗎？

跟著馬的足跡走著走著越來越深入也越來越荒涼，走了四、五天才經過一條小溪，再走四、五天遠處總算是可以看到樹林、小溪和馬群，這裡應該是威集族的營地吧！大家如是想，大伙偷偷掩藏跑到樹林外，小天從樹林內看到山寨門外的刻飾，是一隻野狼卻驚覺不對，此刻飾似乎不是威集族一隻劍齒虎的註記，但是怎麼辨呢？正在徘徊不定的時候山寨門突然打開，二十幾個騎著馬的餓白人跑出來直接跑到小天眾人躲藏的地方戒備，其中有一個稍微高大的人用著不流利但是小天眾人聽得懂的話說：你們這些黃矮人來這裡有什麼事嗎？我們已經監視你們很久了。小天一看這些餓白人似乎不像有什麼惡意壯著膽說：請問這裡是威集族嗎？我們是來找人的。

對方回答：這裡是尼赫族，你們要找的威集族在你們的右邊約兩百公里遠處。

小天一聽：慘了，不知道什麼時候才能找到，但是至少有一個方向。

小天笑著回答：那是我們找錯地方，對不起我們要離開了。對方回答：你們不必急於離開，我聽說你們打敗過威集族兩次是真的嗎？

原來此說話的人就是樹沙，也是尼赫族的族長，他也知道木典打敗威集族夫士基的事只是想從小天的嘴裡證實，他更想藉助太革族的力量打倒威集族所以想暗中推一把。

小天回答：是的，我叫做秋毫也可以叫我小天，他們抓走了一個我們的同胞，我們想去救他。

樹沙說：落在他們手中不是早已死了就是另外有用途所以也不用急，你們必須走回去沼澤池再往左走就可以發現他們的蹤跡，我是樹沙也是尼赫族的族長有事可以來找我。

小天眾人這時才嚇出一身冷汗，因為他們也聽過樹沙這一號人物，也聽過樹沙和威集族的聯合作戰的事，沒想到樹沙會放他們走，事實上那時候威集族聯合尼赫族攻打獸臉族接近尾聲，尼赫族已經勝卷在握了所以樹沙才會在山寨中，威集族打贏了獸臉族更加聲勢浩大，所以樹沙才會想利用太革族打消一下威集族的氣焰，這個是不能說的祕密，當然這也是小天眾人的運氣好。

當小天眾人走回到沼澤池時，木典和其他的太革族勇士此時正在涉水過沼澤地，也在這時後面傳來一陣馬足聲嚇得小天眾人趕忙想迴避又無處躲藏，只好站在一旁警戒。

馬上的人一下子就跑到小天眾人的面前停止，來人正是尼赫族的人帶頭的用著生硬的語言對著小天說：我們族長請你們要注意威集族，根據我們得到的消息他們最近就會攻打你們，請你們要小心防備。

說完就帶隊離開了，小天從尼赫族回到沼澤地的這幾天威集族已經打敗了獸臉族所以有時間考慮準備攻打太革族，正在這時候木典和其他太革族勇士也相繼到達，木典問了小天情況後判斷天夫還活著的機率很高。

幸好看起來往威集族的路上樹林多比較容易隱藏，木典覺得無論如何一定要去看一下究竟，四十人分成兩隊分別站在小徑的兩邊，木典和小天各帶一隊前往威集族，他們白天不敢行走，都是於暗夜中在樹林內摸索前進，從沼澤地走大約要十天左右就可以到達威集族的山寨，當然如果騎馬的話更快只要兩天就能到達。

威集族的山寨在一個山麓中，山寨前面有一個小湖，山寨背靠著一座小山沒事可以到後山騎馬遊憩，山寨前面用木柵圍起來，開了一個大門供人民騎馬進出。

山寨大門的右側另外開了一個小門當大門關起來時人員可從此小門臨時進出。

木典和眾人散開隊形躲躲藏藏的終於來到小湖濱的樹林中，威集族的山寨就在眼前，但是面對兇殘的餓白人不知如何進入山寨，只有等到晚上半夜威集族人睡夢中偷偷地溜進去。

當天半夜木典率領了十個人偷偷溜到木柵邊，好在木柵欄排列的不是很緊密，木典找了一處比較容易挖的地方用帶來的黑小人銳利的刀和矛迅速的挖開了可以讓人穿過去的洞。

木典眾人依續偷偷進入木柵欄，木典眾人迅速的分開來尋找天夫，似乎威集族人不認為有人會侵入寨中所以除了門口以外都沒有守衛，約好不管有沒有找到必須在天亮前回來，在約定的時間來到時大家都回來但是並沒有收穫。

大家只好退出木柵欄並且把洞口虛掩填回土石，回到小湖邊休息了一天，次日半夜木典帶領二十人再次進入木柵欄內搜尋，這次又跑更深入到後面小山邊，終於在小山邊的土石堆中發現了天夫在一個深約四公尺的土坑中，原本健壯的天夫現在已經奄奄一息的躺在地上，低聲喊叫也沒有回應。

木典拿了一根長木頭放入坑中觸了一下天夫，天夫僅僅是稍微動了一下，迅速跳下兩位勇士背天夫起來爬上長木頭走出來。

木典眾人連夜徹離開小湖邊，果然隔日威集族人發現了天夫逃逸，立刻下令追捕，木典眾人並沒有尋著來路回去而是往尼赫族的方向前進，因為騎馬的威集族人一定會很快找到木典眾人上沼澤地岸邊的足跡所以只有冒險繞道，往尼赫族是沒有馬可以走的路。

沿途都是大石、山丘和碎石眾人走的辛苦，但是也比較安全不會留下足跡，木典等人輪流背著天夫走了四、五天來到一條小溪邊，此時天夫也漸漸清醒恢復神智，木典問天夫：威集族人為什麼要抓你？

天夫流下男兒淚抽泣著說：他們起初是要我說出太革族的地點我當然不肯說，後來開始用拷打、凌虐各式各樣方法逼問，最後還不讓我睡覺，使得我在昏昏欲睡中說了一些什麼話我也不記得了，我真的不記得了，我真怕……。

天夫說完身體更是不由自主的顫動，聽到此又想到尼赫族說的話，木典忽然覺得心驚膽跳，一股莫名的恐慌從心裡浮起來，木典對天夫說：沒有關係，你已經比任何人都努力克服了，好好休養。

木典說完轉頭對小天說：我現在立刻趕回太革族去，你和五個人保護天夫盡快回去天火族，並且請可莉出兵幫忙我們，木典說完就急忙帶著其餘勇士回去太革族，太革族被木典帶出來的勇士有四十人，所以族內現在真正能夠打仗的人不到五百人，目前威集族可以戰鬥的人數還有一千五百人以上，夫士基如果只帶一千名的勇士加上騎馬和體格高壯去攻打，太革族勢必很難脫困。

心急如焚的木典現在趕回去用急跑的最快也要十五天，而且還要避開威集族的追捕，雖然如此困難，木典眾人仍然奮力急行回去，就在回到太革族的半路上碰到晨星和幾個地柏族人，晨星問明經過後答應無論如何都會去幫忙，晨星說完立即和族人回去召集勇士，木典雖然很感謝晨星但是恐怕即使如此人數仍然不足以和威集族拚命，很怕他們的犧牲無法獲得和平，可是為了家人為了族人木典眾人無論如何都要回去抵抗外侮。

當木典眾人拼了命奔逃過沼澤地懷著忐忑不安的心情回來到舊

太革族山寨外面發現了許多餓白人和馬匹的屍體，山寨門外面英也種的栗子樹仍然屹立不搖但是山寨門已經被破壞，山寨內有著一部分族人的屍體但是處處可見餓白人的屍體，幾乎都是被矛刺殺的。

可以見到太革族這幾年努力加強工事和戰鬥技能的效果，但是剩下來的太革族人會不會都四處逃走呢？

木典正在想太革族人會不會跑到新太革族去忽然見到英也和延農從圍籬外的小縫中鑽了進來，匆忙的對著木典說：快來救救大家！我們被圍在新太革族的寨中，目前可西正在指揮勇士鬥禦敵。

木典說：好！現在還有多少個威集族餓白人？英也說：死了兩、三百人目前大約還有七、八百人。

木典繼續問：族內還有多少勇士可以戰鬥？英也回答：大約還有三百多人我不是很清楚，我和延農到外地採集草藥回去新太革族正好看到威集族餓白人圍攻我們所以無法進去族裡，只看到可西在柵欄上指揮作戰，我們倆只好在附近跑出來尋找救援正好看到你們。

木典想到人相差一半實在有困難，忽然間想到晨星的地柏族人來的話不知道夠還是不夠？因為他知道天火族應該可以救援的人最多只有五、六十人其他必須留守，但是地柏族人不知道來不來的及？

無論如何救人如救火只好先去看了再說，木典說：妳和延農留下來等天火族和地柏族的人到來時帶他們去新太革族救援。

木典說完立即帶領三十五名勇士動身前往新太革族，五公里的路程約二十分鐘就跑到了新太革族只看見少部分的威集族餓白人騎著馬沿著新太革族外的圍籬奔馳、吶喊，並且見到圍籬外的壕溝陷阱摔死了很多威集族餓白人和馬匹。

大部分的威集族餓白人都在外邊重整休息並且把受傷和死亡的作一個處理，可以了解剛剛一定有很劇烈的廝殺，圍籬內柵欄上面四周站了很多太革族勇士在守衛著，不時向騎馬靠近的餓白人拋矛攻擊，木典因為多次的戰爭經驗所以新太革族的圍籬當初在建造時是用很粗很高的木頭埋設捆綁而成，所以威集族餓白人一時之間不容易攻破。

但是第二波攻擊勢必更加猛烈，威集族第一次攻擊突然遇到陷阱而無法靠近圍籬。這次會騎馬沖過陷阱拿點火的木頭投在圍籬下火攻。

木典想：時間刻不容緩但是單憑他們三十五人是無法救援的，假如衝進去威集族俄白人陣中會如陷入泥水中一下子就淹沒了。

木典這時要眾人退到一公里後面樹林中，五個人一組分散開來，拚命吶喊、刀械敲擊和拿樹枝刷地引起灰塵製造幾百人攻擊過來的效果，此舉果然引起威集族俄白人的注意，夫士基觀望了一下子後先派出一百五十名騎兵為前鋒試探敵人動態並且留下約五百名預備著，同時停止了對太革族第二波的攻擊。

當威集族騎兵隊衝入樹林中木典眾人已經埋伏在林中展開一場肉搏戰，木典眾人已經覺悟必須損耗威集族的戰力越多越好和死亡的決心，就在此時木典身後樹林內忽然像是一陣潮水湧入大批人員見到餓白人就一陣砍殺，是天火族和地柏族的救兵到了。

咦！不對還有黑小人拿出銳利的刀用他們孔武有力的手臂在殺餓白人，殺戮沒有持續很久看到苗頭不對少部分的威集族人立即策馬逃跑戰事取得短暫的勝利。

這時候天夫、晨星、伊瓦拉蜜還有休羅都走來到木典的身邊，木典看到他們眼眶不自覺的紅了起來無法說話，只能向他們點頭示意，木典待到心情平復時問起伊瓦拉蜜和休羅怎麼會知道來此救援，原來是天夫回去時順便繞過去通知她們，而伊瓦拉蜜和休羅二話不說馬上說要來，而天夫把一百名勇士都帶來了，木典聽完天夫的解釋再三的向大家道謝，休羅說：我們的人都在寨子旁的小溪中等待。

由於目前救援到齊可以戰鬥人數上絕對超過威集族現有的人如果再加上寨子內的人更加足夠一拼，大家推選木典為總發號領導人，木典也不推詞立即命人整隊推進六百公尺把木寨圍住只剩下靠小溪方向留下出口，並同時叫人向太革族寨子裡敲打起天夫帶來的準備戰鬥的響木。

話說正在領導族人奮戰的可西在舊太革族中突然遇到威集族人的襲擊，幸好有幾次戰鬥經歷的木典平時就有告訴她如何部署和戰事準備可以從容應付，一邊先把婦孺弱小老幼疏散到新太革，一邊要勇士無論如何阻絕威集族人的第一波攻勢爭取時間撤退，經過了第一波攻擊後敵人會稍事休息，此時只留下少數勇士殿後其餘的人也撤回新太革去。

可西本來堅持留到最後但是在其餘勇士的拜託下才在留下殿後的勇士後離開，最後當可西在新太革對威集族人的攻勢下奮戰不懈時，幾乎失去生存欲望時，忽然發現威集族人改變進攻方向，她還不敢相信直到聽到準備戰鬥的響木聲不由得全族歡跳起來，可西迅速命令大部分的勇士準備開門出擊，少部分留下來在柵欄上攻擊。

第二次聽到攻擊的響木聲全體勇士一起殺出……。

　　夫士基作夢也沒有想到本來易如反掌輕鬆可以戰勝的戰役現在受到前後夾殺顧此失彼開始軍心渙散怯戰，騎馬出擊的優勢不再，尤其黑小人雖然矮小但是用銳利的刀子專砍馬腳人員跌下馬後再給予撲殺，夫士基命人想從小溪突圍但是卻從溪中冒出魚族人再一次的追殺，曾經受到重大傷害的黑小人和地柏人更是乘勝追擊緊追不捨，天夫也手下毫不留情，可惜的是夫士基於亂軍中受重傷仍然在剩餘的數名護衛保護下奮力騎馬逃出。

栗子：木典和可西

——黑小人之根

第十二章　最後的努力

威集族人的圍攻已經解除了危機，木典很感謝各族的幫忙，威集族人是打敗了但是有可能以後會再來犯，木典於是要求族人勇士立即準備出擊攻打威集族人，同時也請天火族和地柏族協助，天夫和晨星很爽快的答應了要求。

木典沒有對黑小人和魚族提出要求是因為這兩族人口本來就不多又不適合長途征戰，若是提出要求他們或許都會同意但是卻為難族長。

小天提議可以去說服尼赫族一起聯合攻打威集族，並且獲得了木典的同意要一起去拜訪尼赫族，大家約定不管有沒有說服尼赫族都要在三十天後集結在沼澤地。

木典、小天和幾個隨從隔日就出發，這一次路程駕輕就熟毫無耽擱十五天後就到達了一隻野狼刻飾的尼赫族門口，說明來意後正在後面討論公事的尼赫族族長樹沙親自接見他們。

木典說：我叫做木典，是太革族的族長，不知道你們有沒有得到消息威集族這一次去攻打我們結果斷羽而歸，夫士基也受了重傷？樹沙說：我們是剛剛才得到消息你們就到了。

木典說：這一次也要謝謝你們提早告知，為了這樣的友誼長久我們希望再一次和您合作就是聯合攻打威集族，你們也應該知道這一次威集族死傷慘重將近千名的戰士幾乎沒有人回來，所以剩下來的可以征戰的人不多了，征服他們應該易如反掌，作為答謝威集族的所有土地一切都給你們，只要您保證永不南侵。

樹沙說：這樣的話我存在的時候或許可以保證但是我不在的時候就很難說了。

木典說：我們這一次能夠在毫無妨備之下可以打勝仗，而威集族在南方戰敗多次又死了多少勇士這些都是鐵證的南方不可侵。

木典喝了一口水又說：我們南方不打你們，你們就可以放心的征戰北方或是防禦周遭的敵族不是更好嗎？因為毫無疑問你以後將會是所有北方的霸主在你拿下了威集族之後。

樹沙說：謝謝你的美言，我們會和你們合作，只是你們要什麼時候去攻打？我還要再重申一次我只能保證在我仍然是族長或者是我的子孫是族長時不會南下但是我不在位子上時就無法保證，木典說：我們在十五天後會在沼澤地集結，所以在二十四天後會在威集族門口見，到時後請你們先攻擊大門或者先火攻，等大門開了之後大家一起攻進去，屆時你們會知道我們作戰的威力也許你們其他的接下來的族長也會遵循前面族長的保證。

樹沙說：或許，看到了再說。接著拿出一個有刻著狼頭的木雕飾物遞給木典說：這個狼頭木飾也就代表我的保證。

事實上樹沙剛才在裡面和長老正在商討如何攻打威集族而木典剛好到達，因為夫士基在回到威集族十天後就死了，夫士基死前曾經要求親信和長老把族長的位子交給他二十歲的兒子夫維亞，甚至於要他們發誓孝忠於夫維亞，不過在夫士基死後他的親信馬上叛變把夫士基的兒子殺死。這個親信叫做賽魯夫也是保護夫士基回來護衛之一，他早就不滿夫士基篡奪族長之位又到處征戰勞民傷財，雖然夫士基早年有功，威集族的江山幾乎都是他幫忙打出來的，但是也不能如此就殺死前族長，賽魯夫的體格強壯又年輕類似前族長早年時的英勇。

前族長被夫士基突然殺死被迫孝忠於夫士基他就心懷不滿，這一次攻打太革族又死了那麼多弟兄所有的帳都要算在夫士基頭上，這些種種迫使賽魯夫叛變，而其他早的親信就知道賽魯夫的心裡，所以一發生叛變也沒有反對有幾個人還尊賽魯夫為族長，其他人眼看風向不對也一同尊賽魯夫為族長，此事一直到最近才傳到尼赫族，樹沙在協同威集族攻打獸臉族時，曾經和賽魯夫有見過面講過話，所以樹沙對賽魯夫這個人有一些了解，事實上以目前的威集族狀況憑尼赫族現有的兵力就可以打下來了，但是樹沙對於木典的說辭有一些心動，他不想重蹈覆轍夫士基的作法以至於可能把整個族群帶向滅亡，另一方面他也想看暗看南方族群的作戰方式所以他才會答應木典的要求。

再者他也不想因為打仗死傷太多人，樹沙已經得到獸臉族一半的土地，如果再有威集族的土地就會變成人少地大，無法兼顧的情況，他一定要想辦法減少人員的損傷甚至於要再增加更多的人。

木典告別了樹沙回到沼澤地和晨星會合後五、六百人浩浩蕩蕩的來到威集族的大門，再次碰見了樹沙和他召集約五百人的尼赫族戰士，樹沙騎馬走到站在排著戰鬥隊形的太革族前面的木典身旁對木典說：我認識威集族的新族長，我先和他說說話好嗎？木典回答：好！我們等你們的動作完畢。

樹沙接著回頭往柵欄上前幾步對著站在柵欄上的賽魯夫說：你應該知道你們不可能贏的，如果你們願意投降願意留下來的我會在北部撥土地讓他們繼續耕作如果不願意留下來的也可以自由離開就不會有傷亡，想打仗的結果你應該很清楚，給你們一個時辰考慮之後戰鬥就開始，願意投降就打開大門放下武器走出來……。

栗子：木典和可西

——黑小人之根

國家圖書館出版品預行編目

栗子：木典和可西. 續集, 黑小人的恨 / 廖茂松著.
-- 臺北市：獵海人, 2019.12
面； 公分
ISBN 978-986-97963-7-8(平裝)

863.57 108019980

栗子：木典和可西（續集）
——黑小人的恨

作　　者／廖茂松
出版策劃／獵海人
製作銷售／秀威資訊科技股份有限公司
114 台北市內湖區瑞光路76巷69號2樓
電話：+886-2-2796-3638
傳真：+886-2-2796-1377
網路訂購／秀威書店：https://store.showwe.tw
博客來網路書店：http://www.books.com.tw
三民網路書店：http://www.m.sanmin.com.tw
金石堂網路書店：http://www.kingstone.com.tw
讀冊生活：http://www.taaze.tw

出版日期／2019年12月
定　　價／270元